Paleosynnyttäjät

Kaisulle

Matti Reinikka

Paleosynnyttäjät

ja muita novelleja

Kannen suunnittelu: Matti Reinikka
Äänikirjan mökellys: Matti Reinikka

Toinen painos

Kustantaja: BoD – Books on Demand, Helsinki, Suomi
Valmistaja: BoD – Books on Demand, Norderstedt, Saksa

ISBN: 978-952-80-3519-0

SISÄLLYS

SAATTEEKSI

Ennen ensimmäisen novellin alkusanoja lienee hyvä lausua muutama asioita selventävä täsmennysvirke. En epäile hetkeäkään, etteivätkö tarkkaavaiset lukijat huomaisi novellin *Päävalmentajan protesti* yhtymäkohtia alkuvuoden 1985 tapahtumiin. Myönnän oitis, että kertomus tosiaan mukailee vähintäänkin löyhästi tuon helmikuisen lauantai-illan kulkua. Korostan kuitenkin, etten ole varkaissa vaan minulla on asianosaisten antama lupa kertoa tämä tarina. Kesien 2017 ja 2019 aikana kiersin Pohjois-Euroopassa haastattelemassa tapahtuman pääosallisia, silminnäkijöitä sekä muita aikalaiskertojia. Herkeämättä tallensi väsymätön sanelukoneeni todistajien kertomuksia, joita kuuntelimme muun muassa kalasaunassa, arkistohuoneessa, iltapäiväkerhossa, sotilastukikohdassa, ulkovarastossa, lihanleikkaamossa, lehmihaassa ja elintarvikekioskissa. Haastattelupaikkaluettelo antanee jonkinlaisen kuvan tutkimustyöni laajuudesta.

Kirjan kannessa mainitaan äänikirjaversio. Lisätietoa asiasta on kirjan sivulla 101. Samalta sivulta löytyy myös sähköpostiosoitteeni, johon voi lähettää palautetta, kysymyksiä ja kaikenlaisia tervehdysviestejä.

Ja sitten vielä yksi asia. Ennakkomarkkinointi-materiaalista poiketen tämä kokoelma ei sisällä novellia *Reino ja laventelisiivet*. Kiirunan laamanninoikeuden (CBM1541/2017), Noormarkun rauhantuomioistuimen (RP2A07/2019) ja Kölnin vetoomustuomioistuimen (YM2612/2020) päätösten vuoksi on kyseinen novelli jouduttu poistamaan kokoelmasta. Voin kuitenkin vakuuttaa, että kirjanpitäjäni, asianajajani ja henkilääkärini tekevät väsymättä töitä, jotta edellä mainittu tarina saisi julkaisuluvan myös EFTA-maissa. Asiasta kiinnostuneille mainittakoon, että Reino ja laventelisiivet on julkaistu viisiosaisena jatkokertomuksena (Raymond and the Wings of Lavender) kanadalaisessa Tumbler Ridge Nugget -sanomalehdessä (23–27/2017). Englanninkielisen käännöksen on tehnyt Ann Blackgrouse-Virtavuori. Kuvituksesta vastaa T. S. Belmont.

Tekijä

SOMISTAJA

On varhainen aamu, kun Valpuri Vepsä astuu ulos pienehkön omakotitalonsa ovesta ja rupeaa tarkkailemaan ympäristöään. Hallitsevin elementti hänen aistiensa kentällä on pihapiiriä kolmelta suunnalta ympäröivä sankka metsä. Se on täynnä miellyttäviä ja hauskalla tavalla keskenään erituoksuisia ja -lämpöisiä ilmavirtauksia. Osa edellä mainituista virtauksista pyrkii ja lopulta onnistuukin karkaamaan metsästä pihapiiriin, josta Valpuri poimii ne nenällään aistittaviksi. Tehdessään näin hän kallistaa päätään taaksepäin ja ikään kuin suoristaa nenäontelonsa, jolloin ne ovat herkimmillään vastaanottamaan hajuinformaatiota. Kuullaan pihinän kaltaista nuuhkutusta. Syntyy mielikuva vuotovikaisesta venttiilistä tai puhjenneesta kumiveneestä.

Kun aamun rautaisannos hajuaistimuksia on saatu tallennettua, on aika siirtyä kuvallisen informaation pariin. Pihapiirissä on runsaasti hauskoja yksityiskohtia: aamukasteen taivuttamat ruohonkorret, lentohyönteisten parvi ruohonleikkuujätekasan luona ja pihakuusen kävyt, joissa juuri oikeassa suhteessa ruskean ja vihreän sävyjä.

Näköhavaintoja seuraa korvin kuultavien yksityiskohtien sarja. Sitten havainnoidaan maailmaa vielä maku- ja tuntoaistien avulla. Tosin näiden osalta aistiminen on ymmärrettävästi varsin suppeaa.

Lienee käynyt jo selväksi, että Valpuri Vepsä rakastaa yli kaiken yksityiskohtia ja kaikkea niihin liittyvää. Oikeastaan voidaan jopa sanoa, että hänen näkökulmastaan katsottuna maailmankaikkeus on vain suurehko joukko yksityiskohtia, kaikki yhtä tärkeitä ja huomionarvoisia.

Yksityiskohdat on nyt nautittu, alkaa varsinaisen päiväohjelman toteuttaminen. Talon metsän puoleista seinää vasten nojaa vanha, maalinsa suurelta osin rapistellut ja tilalle ruostetta kehittänyt polkupyörä, jonka taakse on kiinnitetty tummasta vanerista valmistettu kuljetuskärry. Valpuri avaa kärryn kannen, silmäilee pikaisesti sisällön lävitse, toteaa kaiken tarvittavan olevan mukana ja lukitsee kannen paikoilleen pienillä hakasilla. Hän nousee pyörän selkään ja raskailta vaikuttavien alkupolkaisujen jälkeen löytää sopivan matkustusnopeuden.

Valpurin reitti kulkee sekametsän halki vanhaa metsäautotietä pitkin, tai pikemminkin pitäisi kai puhua eräänlaisesta traktori- tai kärrypolusta, sillä kovin kasvillisuuden valtaama on tuon kulkureitin keskikaista. Horsmat, putket ja vaille tarkkaa lajimääritelmää jäävät heinäkasvit rehottavat tien keskiosuudella. Ne roplottavat mukavasti vasten vanerikärryn pohjaa, kun Valpuri ohjaa ajokkiaan kohti määränpäätä.

Jos katsoo Valpurin silmien liikehdintää suoraan edestäpäin hänen ajaessaan polkupyörää, voi todeta niiden nakuttavan vasemmalta oikealle kaappikellon heilurin tavoin. On menossa etsintä, ja mitä ilmeisimmin etsitty kohde on löytynyt, sillä seuraa äkkijarrutus. Valpuri nousee pyöränsä selästä ja avaa kärryn kannen. Hän nostaa kärrystä suurehkon, valkoisen saavin, jonka hän kiinnittää leveällä nahkavyöllä selkäänsä. Sitten hän kävelee muutaman askelen kärrypolulta metsän suuntaan paikkaan, jossa kuusen runkoa vasten kohoaa puolitoistametrinen muurahaispesä.

Valpuri kurottaa saavinpohjalta muovisen kauhan, sellaisen noin litran vetoisen. Hän tökkii kauhalla muurahaispesää ja toteaa sen asumattomaksi. Niinpä hän voi hyvillä mielin kauhoa saavinsa täyteen kaikkea sitä, mistä muurahaispesät noin yleensäkin on tehty: ruskeiksi kuivettuneita havunneulasia, lyhyitä oksanpätkiä, varpuja ja muita metsän antimia. Puiden lehdet Valpuri pyrkii kuitenkin karsimaan kuormastaan, sillä ne eivät sovellu hänen käyttötarkoitukseensa.

Kun saavi kauhoineen on asetettu takaisin kärryyn, voi matka jatkua. Enempiä välipysähdyksiä ei tarvitse tehdä, ja pian Valpuri saapuukin kaksikerroksisen kelohirsimökin pihaan. Mökki sijaitsee suurelta osin metsittyneen niemen kärjessä, josta on suora näkymä järvenlahden yli Valpurin kotitalolle. Mökin omistaa Valpurin täti, mutta hän viettää nykyisin suuren osan vuodesta Portugalissa eikä juurikaan käytä mökkiään. Siispä on sovittu, että Valpuri voi vuokrata mökkiä eteenpäin ja toiminnasta saatavat tulot jaetaan Valpurin ja tädin kesken (Valpuri 70 %, täti 30 %).

Kevät ja alkukesä on vietetty mökillä hiljaiseloa. Toukokuun puolivälissä yläkoulun rehtoriksi esittäytynyt mies on käynyt yrittämässä kalaonneaan viikonlopun verran mutta vaatimattomin tuloksin. Sen jälkeen mökki onkin ollut tyhjillään, mutta tänä iltana mökille on tulossa kokonainen seurue Itä-Suomesta saakka. Ja mikseipä tulisi, sillä onhan juhannuksen aaton aatto.

Niinpä on Valpurin ryhdyttävä toimeen. On nimittäin niin, että edellä mainittu rehtori on mökkiviikonloppunsa jälkeen sivulauseessa kertonut vaikeuksistaan päästä oikeanlaiseen mökkitunnelmaan. Valpuri on hetken asiaa pohdittuaan ymmärtänyt, missä on vika. Tädin mökki on jotenkin liian moderni, puhdas ja monella muullakin tavalla epämökkimäinen. Kenties se muistuttaa pikemminkin jonkinlaista merenrantamajaa kuin varsinaista kesämökkiä. Siispä Valpuri haluaakin somistaa mökkiympäristön eli eräällä tavalla virittää sen oikeanlaiseen tunnelmaan ennen juhannusvieraiden saapumista. Valpuri uskoo, että oikeanlainen mökkitunnelma, joka koostuu juuri oikeanlaisista yksityiskohdista, on täydellisen mökkielämyksen kivijalka, jonka päälle onnistunut vierailu rakentuu.

Ensimmäisenä työnään Valpuri sytyttää tulet rannan nuotiopaikalle ja kantaa kärrystään laiturille suuren, halkaisijaltaan noin 40-senttisen valurautapadan, jonka hän täyttää järvivedellä. Sitten hän nostaa padan paistoritilän päälle ja lisää nuotioon muutaman puun.

Veden kiehumista odotellessaan Valpuri hakee kärrystä tikkataulun ja tikat, joista jälkimmäiset hän on löytänyt paikalliselta kirpputorilta ja jotka ovat jo valmiiksi hyvin mökkimäisiä. Tikkojen kärki- ja varsiosat ovat mukavalla tavalla ruosteen täplittämät ja muoviset sulkaosat ovat haalistuneet voimakkaasti arvatenkin vuosikausia jatkuneen auringonvaloaltistuksen vuoksi. Tikkoja on neljä, ja ne ovat kaikki keskenään erivärisiä (sininen, punainen, keltainen ja vihreä). Valpurin mielestä juuri tikkojen lukumäärä on omiaan luomaan mökkitunnelmaa, sillä tikat nähdessään syntyy vierailijalle ajatus yhdestä kadonneesta tikasta. Myydäänhän tikat yleensä joko kolmen tai viiden tikan pakkauksissa.

Herää miellyttävällä tavalla arvoituksellisia kysymyksiä, kun tikanheittäjä pohtii kadonneen tikan kohtaloa. Kuka sen hukkasi ja milloin? Menikö heitto ohi puun ja jos meni, kummalta puolelta? Yritettiinkö tikkaa etsiä ja jos yritettiin, keiden toimesta? Vai katosiko tikka lainkaan heiton seurauksena? Kävikö kuitenkin niin, että ensimmäistä kertaa mökillä vieraillut vävykokelas unohti heittovuoronsa jälkeen yhden tikan taskuunsa ja meni asioimaan ulkokäymälään, jossa jotenkin kummasti tikka putosi asiointireiästä koko suvun lopputuotosten sekaan. Vävykokelas huomasi tapahtuneen mutta tilanteen äkillisyyden aiheuttaman hätäännyksen vuoksi päätti salata vahingon ja harjanvartta apunaan käyttäen peitteli tikan saatavilla olevalla, inhottavalla materialla. Vävykokelas palasi heittopaikalle, jossa kadonnutta tikkaa etsittiin tikkaringin toimesta tovi, mutta lopulta olkapäitä kohautellen päätettiin jatkaa peliä neljällä tikalla. Nukkumaan mentäessä kukaan ei enää ajatellutkaan kadonnutta tikkaa – paitsi vävykokelas, joka aamukolmeen pyöri hikoillen sängyssä kuvitellen sitä kauheaa hetkeä, jolloin ulkokäymälän tyhjentäjät näkevät tikan ja rupeavat muistelemaan sitä päivää, jona tikka katosi, ja muistavat – aivan takuuvarmasti muistavat – kuka mahtoikaan käyttää käymälää juuri samaan aikaan, kun tikan huomattiin kadonneen. Niinpä hiipi vävykokelas muiden nukkuessa käymälään, tonki grillipihtejä apunaan käyttäen ja koko ylävartalonsa asiointireikään työntäen tikan esiin sen saastaisesta haudasta ja viskasi sen hirmuisella kaarella kohti järven keskiosaa niin kuin viskaa kuka tahansa, joka on saanut liikuntatunnilla pallonheitosta arvosanan 9+. Tikka upposi melkein matemaattisen tarkasti järven keskiosaan, paikkaan joka takasi vävykokelaalle mielenrauhan, kun hän pihdit järvessä pestyään meni takaisin sänkyynsä.

Jos tikat saavat mökkitunnelmamittarin viisarin kiertymään astekaupalla myötäpäivään, lyö itse tikkataulu kylmää vettä samaiseen aistinsensoriin. Taulu on nimittäin upouusi, täysin käyttämätön ja siksi tympeä kapistus. Niinpä puristaa Valpuri Vepsä neljä tikkaa vasemman nyrkkinsä sisään eräänlaiseksi moniteräiseksi iskuaseeksi ja rupeaa paukuttamaan sylissään olevaan tauluun tikankoloja neljän kolon iskutahdilla. Kun on ensimmäinen puoli valmis, piikittää hän toisenkin puolen vähintään yhtä murjotun näköiseksi.

Vesi kuplii valurautapadassa, ja Valpuri lisää keitokseen kokonaisen paketillisen lihaliemikuutioita, ihan vain värjäystarkoitusta varten. Sitten pataan solahtaa tikkataulu, ja Valpuri siirtyy pihasaunarakennukseen haettuaan taas kärrystään muutamia tarvikkeita.

Saunassa somistuksen kohteeksi päätyy ensimmäiseksi lämpömittari, jonka täti on ostanut sisustusliikkeestä ja joka on kaikin tavoin pelkistetty ja mitäänsanomaton. Sen Valpuri piilottaa pukuhuoneen kaappiin ja ripustaa tilalle vanhan Valmet-merkkisen, todellista saunaromantiikkaa henkivän lämpöosoittimen. Mittarin päävärit ovat valkoinen ja vihreä, ja sen keskellä on piirroskuva saunovasta perheestä.

Mittarista alaviistoon oikealle Valpuri naulaa seinään vanerin, johon on painettu saunomisohje. Ohjevaneri on nähtävästi ollut vuosia ellei vuosikymmeniä jossakin toisessa saunassa, sillä ohjeteksti kuvineen on haalistunut miltei näkymättömiin ja vanerin alareuna on halkeillut rimpsumaiseksi kuin jokin jättiläisen partakampa. Sopii kysyä, tuleeko monikaan lukemaan tuota vaikeaselkoista tekstiä, mutta Valpurin mielestä saunassa kuuluu joka tapauksessa olla ehdottomasti saunomisohje.

Käydään polttopuukysymyksen kimppuun. Moni suosii saunaa lämmittäessään koivua, mutta Valpurin mielestä pelkästään koivulla lämmitetty sauna jättää saunomiselämyksen vajaaksi – etenkin äänimaailmansa osalta. Vain koivua saunanpesäänsä työntävä saa tyytyä tasapaksuun huminaan, joka on toki omalla tavallaan viehättävä sekin mutta vailla kaikenlaisia mielenkiintoisia erityiselementtejä. Siispä latoo Valpuri klapit halkotelineeseen siten, että juhannussaunan lämmittäjä ikään kuin huomaamattaan ja puoliväkisin tulee vuorotelleeksi eri puulajeja pesässä. Aloitus tapahtuu koivuilla, noilla saunan lämmityksen peruspaketeilla. Sen jälkeen on vuorossa kaksi paksua honkahalkoa, jotka palavat pesässä kuin bensiiniin uitetut villapaalit. Tässä vaiheessa lämmittäjä jo ihmettelee, mikä oikein humisee, ja käy ulkona katsomassa, tuliko pihaan traktori. Mutta hongathan ne vain ujeltavat ja pihisevät saunanpesässä. Tilannetta rauhoittamaan asettelee Valpuri laatikkoon uuden kerroksen koivuja, joita seuraa jälleen kaksi honkapuuta. Varsinaisen kruunun laskee saunaelämyksen kosteille kutreille pihkaisten ja kyhmyisten kuusihalkojen kolmikko, jonka Valpuri asettaa halkotelineeseen aivan pohjan tuntumaan. Näin hän varmistaa, että kuuset päätyvät pesään vasta siinä vaiheessa, kun saunominen on jo aloitettu. Kyse on siis niin kutsutuista täydennyspuista.

Valpuri kuvittelee tilanteen mielessään. On jo otettu ensimmäiset löylyt, kenties toisetkin. Osa saunaseurueesta on käynyt uimassa, osa on varpailla ensin vettä kokeiltuaan todennut sen liian kylmäksi omiin uimismieltymyksiinsä nähden. Viimeisenä uintireissulta palaava nainen kysyy muilta saunojilta, lisätäänkö puita. Yksimielisesti päätetään lisätä. Ja niin päätyvät nuo kolme kuusihalkoa kiukaan tuliseen kitaan. Kuluu juuri se aika, joka naiselta menee lauteille kipuamiseen, ja sitten alkaakin jo tapahtua. Pihka ruplattaa, ärisee, paukkuu ja vaikeroi liekkien rohmutessa sitä suihinsa. Kuusipuu palaa kuin noiduttuna. Kiukaan luukku on hypätä saranoiltaan saunanpesän sotatoimien johdosta. Saunojat ovat haltioissaan. Kuullaan kiljahtelua, karjahtelua ja häkellyksentäyteinen sarja nauruntyrskähdyksiä. Sanalla sanoen koetaan täydellinen saunaelämys.

Saunan alalauteille kattaa Valpuri sinisen sampoopullon, mukavasti kuluneen emalivadin ja pyyhekumin kokoisen palan saippuaa. Kun pukeutumistilan seinään on ripustettu rispaantuneella narulla ruosteinen pullonkorkinavaaja ja saunan kuistin penkkiä komistamaan on nostettu kaksi valaisinvanhusta (myrskylyhty ja tillikka), piirtää Valpuri vielä puiseen ovennuppiin tunnelmallisen tuhkaviirun kuin sinetiksi saunan somistustyölle.

On aika kohdistaa huomio itse mökkirakennukseen. Modernit sisustustaulut, tuoksukynttilät ja koristetyynyt Valpuri lukitsee aittarakennuksen oven taakse. Tilalle hän tuo kärrystään paremmin mökkimaisemaan soveltuvia elementtejä.

Nurkkahyllyn ylimmälle tasolle Valpuri asettelee osittain tai jopa kokonaan tyhjentyneitä hyönteismyrkkypulloja ja aurinkorasvatuubeja, jotka erittävät huoneilmaan esidigitaalisen ajan tuoksuja. Keskitaso saa vastaanottaa kolme vajaata tulitikkurasiaa, kamman josta puuttuu neljä piikkiä, Suomen hauskimmat vitsit 1994 -nimisen kirjan ja hyönteissavukierukoita. Jälkimmäiset Valpuri katkoo sopivan mökkimäisiksi palasiksi.

Hyllyn alin taso omistetaan peleille. Valpuri on löytänyt vanhempiensa vintillä kaksi iltapäivää tongittuaan todellisen aarteen, vuoden 1984 Trivial Pursuit -painoksen, juuri sen, jossa on keltainen laatikko. Ilmeisesti tietovisailu ei ole kuulunut Vepsän perheen harrastuksiin, sillä laatikko on lähes käyttämättömän näköinen. Niinpä Valpuri paljastaa hiomapaperilla varovaisesti huiskien pelilaatikon kulmien ja särmien alla odottavan, mukavalla tavalla vaaleanharmaan pahvin.

Tietovisalaatikon päälle Valpuri asettaa pelikorttipakan, josta hän on pihistänyt yhden kortin, patavitosen. Voi sitä riemua, kun mökkiseurue kaksi iltaa pelailtuaan tajuaa viimein yhden kortin puuttuvan! Iloisesti hörhötellen ja kämmentä otsaan läiskien aletaan pohtia, miten se ja se peli olisikaan päättynyt, jos tuo patavitonen olisi ollut mukana. Lopulta todetaan hyväntuulisesti ja yksimielisesti, että tällaisiahan nämä mökkikorttipakat tuppaavat olemaan, ei mahda mitään.

Alkaa astioidenvaihto-operaatio. Keittiön kaapistosta kannetaan kaikki lasinen ja alle 30 vuotta vanha Valpurin kärryyn, josta tilalle tuodaan ruskeita ja punaisia muoviastioita. Pirttihuoneen pöydälle Valpuri asettaa osittain täytetyn ristikkolehden ja kaksi kynää. Toinen kynistä on ruskea lyijykynä, joka on teroitettu puukolla. Näin teroittaen muodostuu kynän päähän pintakuvio, joka tuo jännittävällä tavalla mieleen Lapin ja itäisen Suomen huoltoasemilla myytävät puiset karhuveistokset. Toisesta kynästä, siitä kuulakärkisestä, halkaisee Valpuri pihdeillä pienen palan pois kärjestä. Hän painaa kynää ristikkolehden kulmaa vasten ja toteaa kärjen lonksuvan nyt hauskasti.

Vielä tehdään kolme somistustoimenpidettä: mökin oveen ripustetaan monenkirjava hyönteisverho, takan eteen kannetaan pahkajakkara ja seinässä töröttävään naulaan ujutetaan erään autoliikkeen mainoskärpäslätkä. Nyt voi Valpuri lukita oven ja suunnata keskittymisensä ulkotiloihin.

Pyörän peräkärry, tuo ehtymätön mökkielementtien lahjoittaja, luovuttaa Valpurille tällä kertaa viininpunaisen krokettipallon. Valpuri pyörittää palloa rantahietikossa ja oikein hieromalla hieroo pallon pölyisen näköiseksi. Hän etsii pallolle sopivaa paikkaa ja löytää sellaisen rannan tuntumassa kasvavan koivun juurelta. Pallo sujahtaa mukavasti kahden juuren väliin siten, että vain pieni osa siitä pilkistää esiin ja syntyy vaikutelma jo kauan sitten kadonneesta pelivälineestä.

On aika paljastaa tikkataulu. Valpuri kumoaa valurautapadan pihanurmelle, ja esiin kierähtää turvonnut ja tummunut esine. Vain hyvin etäisesti se muistuttaa sitä tikkataulua, jonka Valpuri muutama tunti aiemmin kuori esiin suojamuovin sisältä. Nyt pääsee Valpurin suusta tyytyväisyyttä osoittava höhötys, sillä juuri tämän somistamisvaiheen onnistuminen jännitti häntä eniten etukäteen. Turhaa oli kuitenkin huoli, ja hyvillä mielin voi Valpuri ripustaa tikkataulun kuivumaan männynkylkeen. Tikat hän asettelee tauluun siten, että kuviteltu heittäjä on saanut tulokseksi kaksi seiskaa, kolmosen ja ykkösen. Se on Valpurin mielestä tyypillinen mökkitikkatulos.

Nuotiopaikan vieressä on pitkähkö ruokailupöytä, jonka päälle Valpuri vetää vahakankaisen liinan. Kotona hän on kastanut juomalasin pohjan punaviiniin ja painanut vahakankaaseen punaisen renkaan, jonka viivan paksuus vaihtelee miellyttävällä tavalla. Liinan hän telakoi pöydän päälle kahdella savisella kukkaruukulla. Pöydästä kuusi askelta rantaan päin kasvaa koivuvanhus, jota vasten Valpuri asettaa nojaamaan vaaleanvihreäksi haalistuneen ja pahoin repeytyneen kalahaavin. Näin on mökkimaisemaan integroitu myös siihen kiinteänä osana kuuluva kalastuselementti.

Alkaa somistamisprojektin viimeinen vaihe. Ulkohuussille johtaa kolmisenkymmentä askelta pitkä polku, joka sijaitsee lähinnä koivuista koostuvan metsäpalstan keskellä. Polun voidaan sen sanoa olevan siisti ja roskaton. Se on vain vaaleanruskea, hiekkapohjainen ura vehreässä metsämaassa. Valpurin mielestä tuollainen paljas ja puhdas polku on jollain tavalla keinotekoinen ja vailla sitä erityistä viehätystä, joka teki lapsuuden polkuelämyksistä ainutkertaisen tunnelmallisia. Kun ilta-auringon valo pääsee leikkimään havunneulasten ja risujen muodostamaan polkukuorrutteeseen, nousee kulkuväylää käyvän katselijan silmäkulmaan kaikista estely-yrityksistä huolimatta liikutuksen kyynel. Niinpä nostaa Valpuri kärrystä valkoisen saavin selkäänsä ja alkaa kuorruttaa muurahaispesäaineksella tuota polkua kuin jonkin matkailumainosjulisteen riisinviljelijä. Puolisen tuntia työhön menee, mutta viimein peittää polun miellyttävä kerros neulasia, varpuja ja lyhyitä risuja.

Valpuri katselee polkua tyytyväisenä. Koska kello on vasta kolme, ei voida vielä todistaa ilta-auringon leikkiä polkuaineksen seassa. Kuitenkin jo tässäkin valossa voidaan nähdä polussa jännittäviä varjomuodostumia ja hauskoja epätasaisuuksia.

Ulkokäymälän pienoiskirjastoon Valpuri hyllyttää vanhoja Valittuja Paloja ja Roope-setä-lehtiä. Hän on jo edellisviikonloppuna ensin sumuttanut lehdet vedellä ja sitten kuivattanut ne takapihansa pyykkinarulla. Näin sivuihin on muodostunut miellyttäviä kupruja, kohoumia ja aaltokuviota.

Valpuri astelee pyöränsä luo ja tarkastelee samalla mökkiympäristöä tarkkaavaisesti kuin puutarhakilpailun ylituomari. Ilokseen hän voi todeta, että mökki on nyt valmis vastaanottamaan avosylin Itä-Suomesta saapuvan juhannusseurueen eikä mökkitunnelmaan pääseminen jää aikanaan yksityiskohdista kiinni.

Paluumatka kotiin menee mukavasti hyräillen, myhäillen ja metsän ilmavirtauksia aistien. Kotona Valpuri malttaa hädin tuskin ruokailla ja yhä uudestaan hän suuntaa suurtehokiikarinsa kohti kesämökin pihaa. Viimein, kun kello on jo miltei iltaseitsemän, odotus palkitaan ja mökin pihaan ajaa hopeanvärinen, farmarimallinen auto.

Valpuri toteaa, että vieraita on neljä (kolme miestä ja nainen) ja että he kaikki ovat silmämääräisesti arvioiden noin 25-vuotiaita. Ilmeisesti matkalla on nautittu erilaisia virvokkeita, sillä yksi miehistä suorastaan kierähtää nurmikolle, kun auton takaovi avataan. Valpuri seuraa kiinnostuneena edellä mainittua, huojuvaa olentoa, joka suuntaa kulkunsa kohti rantaa. Mies ottaa koivupuusta eräänlaisen halausotteen ja rupeaa vaivalloisesti löysäämään nahkavyötään.

Alkaa virtsaamisnäytös. Kuin kapellimestari keikuttaa mies virtsaamisinstrumenttiaan ja suhauttelee täsmäosumia tarkkaan valittuihin kohteisiin. Tuon ihmissprinklerin kastelutoiminnoilta ei välty viininpunainen krokettipallokaan, jonka pölypinta ikään kuin peseytyy pois näytöksen viimeisten sekuntien aikana. Hajamielisesti housujaan nostellen palaa mies autolle, josta muu seurue kantaa jo tavaroita mökkiin.

Iltaa vietetään pääosin nuotiopaikalla. Voimakkaasti elehtien seurue keskustelee valitsemistaan puheenaiheista. Kuitenkin vaikka kuinka korviaan höristelee, ei Valpuri saa selvää, mitä keskustelut tarkalleen ottaen käsittelevät. Vain yksittäiset kiljahdukset ja ulvahduksen omaiset huudot pujahtavat ohi voimallisesti estelevän vastatuulen ja siitä yli lahden.

Syötyään kolme makkaraa ja yhden grillipihvin kapellimestari oksentaa järveen ja jää voipuneen oloisena makaamaan laiturille. Muu seurue yrittää lämmittää saunaa, mutta koska kukaan ei muista tankata puita pesään, sammuu kiuas, eikä uusia tulia jakseta sytyttää. Puolenyön aikaan kapellimestari herää ja tallustaa muita juuri huomioimatta mökkiin.

Pian äskeisen jälkeen näyttää kahdelle vielä valveilla olevalle miehelle syntyvän riita. Keskustelua käydään nyt seisaaltaan, ja puhe-etäisyys on epäsuomalaisen pieni. Asiasta – mikä se sitten ikinä onkaan – ei nähtävästi päästä yksimielisyyteen, sillä äkkiä toinen miehistä kääntyy 180 astetta ja alkaa marssia pikavauhtia kohti mökkitietä. Matkalla hän kiskaisee farmariautosta toisen tuulilasinpyyhkijän irti ja katoaa se kädessään mökkitien mutkassa kasvavan horsmikon taakse.

Tapaus vaikuttaa huvittavan nuotiopaikalle jäänyttä naista ja miestä. Aikansa he vilkuilevat horsmien suuntaan, mutta tuulilasinpyyhkijän vienyt mies ei palaa näköpiiriin. Kenties mies on riitatilanteen kohdatessaan paennut aiemminkin, sillä nuotioväen toimista voi päätellä, ettei hänen uskota saapuvan takaisin ainakaan kovin pikaisesti. Eräänlaiset soidinmenot ovat nimittäin saaneet alkunsa.

Keinuttaen navan yläpuolista ja nytkyttäen sen alapuolelle jäävää vartalonosaansa mies alkaa vähentää vaatetustaan. Nainen ei jää pelkän tarkkailijan rooliin, ja pian mökin pihapiirissä juoksenteleekin kaksi alastonta ihmistä. Pyrähdellään sinne tänne, roikutaan pihapuiden alimmissa oksissa ja kieriskellään nurmikolla. Lopulta nainen kiipeää istumaan ruokailupöydän päälle niin vauhdikkaasti, että toinen savisista kukkaruukuista kierähtää maahan. Oikean käden etusormellaan nainen esittää miehelle kutsun saapua tämän samaisen ateriointitason päälle. Mies ei erityisemmin vastustele.

Nähdään mielenkiintoinen seksuaalikytkentöjen sarja. Sen viimeisen osakokonaisuuden tultua päätökseensä voi Valpuri havaita, että miehen oikeaan pakaraan on eräänlaisena siirtokuvana ilmestynyt punainen rengas, sellainen jonka viivan paksuus vaihtelee miellyttävällä tavalla.

Valpuri toteaa nähneensä riittävästi ja laskee kiikarit syliinsä. Pihan ilmavirtaukset ovat rauhoittuneet lähes olemattomiin. Kenties ne vaikuttavat nyt metsässä, kenties jossain toisaalla. Lahden yli on nähty antaumuksella mökkielämästä nauttiva seurue, ja lisää samanlaista ilonpitoa lienee luvassa myös tulevina päivinä. Voidaan siis sanoa, että mökin somistusurakka on onnistunut yli odotusten. Näin toteaa Valpuri Vepsä, tyytyväinen somistaja,

kun hän kävelee hymyillen kotitaloonsa nukku-
maan.

TURBOCURLING

Yleisilmeeltään vakavan oloinen ja kutakuinkin keski-ikäinen mies tepastelee edestakaisin kaksikerroksisen omakotitalon makuuhuoneessa. Miehen ulkonäkö edustaa sellaista helposti unohdettavaa lajia. Kohtaat hänet koktailitilaisuudessa juuri siinä yläkertaan kiertyvien tammiportaiden alapäässä. Vaihdatte muutaman sanan, niitä tavanomaisia tietenkin. Kuitenkin jo siinä vaiheessa, kun pääset toiseen kerrokseen, ovat kaikki muistikuvasi hänen ulkonäöstään kadonneet iäksi.

Mies kiertää päästä päähän ja yhä uudestaan U-kirjaimen muotoista kulkureittiä, joka muodostuu lattiaan parisängyn ympärille. Kiertäessään hän pitää oikean käden peukaloa leukansa alla etusormen ylimmän nivelen osuessa nenänpäähän. Käden asento ja kasvojen ilmeet paljastavat miehen pohdiskelevan jotain keskimääräistä syvällisempää.

Kesken kierroksen mies seisahtuu ja riisuu vaatteensa sängyn päälle. Hän nostaa vaatekaapista esiin armeijan univormun ja keltaisen uistinrasian. Peilistä itseään tarkkailen hän pukeutuu univormuun ja avaa sen jälkeen rasian. Kunkin lokeron kohdalle on liimattu paperilappu, johon on mustalla tussilla kirjoitettu sotilasarvo. Jokaisessa lokerossa on pari kyseisen sotilasarvon osoittavia kauluslaattoja.

Mies antaa sormensa seilata laattojen yläpuolella. Ensin hän kiinnittää paitaansa kersantin laatat mutta tovin mietittyään päättää olla sittenkin tänään yliluutnantti. Laatat vaihdettuaan hän tarkastaa vielä kerran peilikuvansa, laskeutuu sitten portaat alakertaan ja astuu etupihalle.

Aiemmin päivällä on satanut, mutta nyt taivaalta putoilee vain yksittäisiä, lokakuun viilentämiä pisaroita. Yliluutnantti voi siis kiireettä kulkea etupihalla. Ääntäkään päästämättä hän hiipii autotallin ovelle ja kuulostelee oven takaa mahdollisesti kantautuvia ääniä. Tyytyväisenä hän panee merkille, että autotallissa vallitsee täydellinen hiljaisuus. Edelleen hiiskahtamattakaan mies laskeutuu syvään kyykkyasentoon, tarttuu kiinni autotallin ovenkahvasta ja riuhtaisee oven auki nopealla liikkeellä.

– Huomio! autotallissa maastopukuun pukeutunut poika karjaisee ja loikkaa samanaikaisesti pystyyn ruskean jakkaran päältä. Poika ryntää miehen luo, iskee kantapäänsä yhteen ja yliluutnantiksi tätä puhutellen kertoo perustiedot tuvasta sekä itsestään. Kyseessä on niin sanottu tupailmoitus, jonka oikeaoppista suorittamista yliluutnantti ja poika ovat harjoitelleet kuluneen viikon aikana.

– Lepo vain, alokas, yliluutnantti sanoo ystävällisesti, ja poika siirtää vasemman jalkateränsä hieman erilleen oikeasta.

Yliluutnantti silmäilee autotallin sisustusta. Ovelta katsottuna oikealle seinustalle on kasattu armeijan metallirunkoinen kerrossänky. Yläpetillä,

peittojen alla makaa liikkumaton möhkäle, kuin ih-
mishahmo. Tosiasiassa hahmo on vain pilkkihaa-
lari, jonka sisään on työnnetty vanhoja peittoja ja
kesämökiltä haettu räsymatto. Hahmo esittää alok-
kaan tupakaveria, joka on määrätty vuodelepoon ja
puhekieltoon määrittelemättömän mittaiseksi ajan-
jaksoksi.

Samalla seinustalla kerrossängyn kanssa on
pieni pöytä sekä sininen kaappi pojan varusteita
varten. Sängyn edessä on kaksi jakkaraa, yksi kum-
mallekin tuvan asukille. Kerrossängyn vastakkai-
seen seinään on kiinnitetty Suomen kartta vuodelta
1935 ja juliste, johon on kuvin ja selityksin listattu
Maavoimien arvomerkit.

Yliluutnantti kävelee kaapin luo ja avaa oven.
Siististi viikattuina ovat paidat, housut ja alusvaat-
teet. Sukat ovat asiallisina palloina vetolaatikossa,
ja takit roikkuvat suorassa rivistössä kaapin nau-
lakko-osastolla. Huomautettavaa ei ole myöskään
erilaisten remmien, pakin tai juoksulenkkarien ase-
moinnissa. Ainoastaan makuupussi, joka pullottaa
hieman ylähyllyn alareunan yli, ja varrestaan aa-
vistuksen rypistynyt vasemman jalan huopakumi-
saapas jättävät yliluutnantille toivomisen varaa.

Yliluutnantti miettii hetkisen, pitäisikö kaappi
niin sanotusti räjäyttää eli levitellä sen sisältö latti-
alle kaapin järjestyksessä ilmenneiden puutteiden
vuoksi. Hän laskee jo oikean kämmenensä paitapi-
non päälle mutta heltyy sitten, ristii kätensä sel-
känsä taakse ja nyökkää molempien alokkaiden
suuntaan rohkaisevasti.

Yliluutnantti on hyvällä tuulella. Alkukeväästä
saakka hän on haalinut armeijan ylijäämätuotteita

erilaisista huutokaupoista ja kirpputoreilta ympäri Suomen. Kokoaan lukuun ottamatta autotalli muistuttaakin nyt erehdyttävän paljon armeijatupaa. Kaiken lisäksi poika on omaksunut alkusyksyn aikana sotilaallisen käyttäytymisen ja koodiston vähintäänkin kohtalaisesti, joten yliluutnantti voi olla tyytyväinen aikaansaannoksiinsa. Hän astelee alokkaan eteen, joka seisoo edelleen ovensuussa rintamasuuntaansa vaivihkaisesti kohti yliluutnanttia tämän liikkuessa korjaten.

– Ruokailu suoritetaan muonituskeskuksessa kello 18. Ottakaa pakki mukaan, alokas.

– Kyllä, herra yliluutnantti! alokas karjaisee, ja yliluutnantti panee merkille, että pojan äänenkäyttöön on tullut koulutuksen aikana alkuvoimaista rouheutta. Yliluutnantin kasvoilla nähdäänkin lyhyen hetken ajan ilme, joka voidaan kenties tulkita hymyksi.

Alokas jää istumaan autotallin jakkaralle, kun yliluutnantti astelee ulos ja vetäisee liukuoven alas. Tosiasiallisesti alokkaaksi esittäytynyt poika ei ole vielä astunut asepalvelukseen. Ikääkin hänellä on vasta 16 vuotta, mutta yliluutnantin eli isänsä toivomuksesta hän on lukio-opintojensa ohella harjoitellut armeijankäyntiin liittyviä käytänteitä elokuun alusta saakka. Isänkään sotilasarvo ei ole todellisuudessa yliluutnantti vaan reservin korpraali. Hän ei siis kuulu Puolustusvoimien kantahenkilökuntaan, vaan hänellä on hieno, kolmesta englanninkielisestä sanasta koostuva titteli, jonka lyhenne on MOS. Myös kirjaimet on tapana lausua englantilaisittain. Nyt hän on kuitenkin yliluutnantti ihan vain sen vuoksi, että kaikki menee varmasti hyvin sitten, kun pojan varusmiespalvelus varsinaisesti alkaa.

Eipä ehdi alokas istua ruskealla jakkarallaan kuin muutaman minuutin, kun autotallin ovi rytisee jo auki. Kapteeniksi muuttunut isä huutaa sotaharjoituksen alkaneen, ja niin juoksee alokas ulos tallista ja sukeltaa henkilöauton takakonttiin. Luukku lyödään kiinni, ja kapteeni ja takakontissa matkustava alokas kaartavat pihalta kadulle. Voidaan todeta, että armeija-aika on täynnä odottamattomia tapahtumia.

Kapteenin autonrenkaiden märkään asvalttiin piirtämät kuviot ovat yhä selvästi näkyvissä, kun samaiseen pihaan kääntyy toinen auto, kuljettajanaan nainen ja kartturin virkaa hoitamassa alakouluikäinen tyttö. Naisen rivakan askelluksen johdattelemana auton matkustajat menevät sisälle taloon. Tyttö riisuu ulkovaatteensa eteisen lattialle ja menee huoneeseensa leikkimään. Nainen sitä vastoin jää seisomaan eteisaulaan riisumatta kenkiä ja takkia. Keskittyneesti hän tuijottaa peiliä.

Nainen on noin 45-vuotias, ja hänen kasvojensa avainpiirteet muodostavat pitkänomainen nenä ja sitä ympäröivät yhtä pitkänomaiset posket. Silmät ovat suuret, jotenkin jännittävästi koko ajan ammollaan. Suussa alahuuli on hallitseva. Ilman ilkeyden häivääkään voidaan todeta, että nainen on persoonallisella tavalla kaunis.

Nainen vaikuttaa olevan hetkellisen ärtymystilan vallassa. Niin kuin asioiden kulku olisi odottamatta poikennut suunnitellulta reitiltä, minkä vuoksi aivot joutuvat nyt jauhamaan tympeitä korjausliikkeitä siihen saakka, kunnes tilanne on taas miellyttävällä tavalla hallinnassa. Naisen otsa vääntäytyy rypyille kuin jokin dyyni tai lusikalla paineltu vanukkaan suklaakuorrute. Samaan aikaan pitkänomaisen nenän muodostaman varjon suojassa kieli suorittaa pieniä täsmälipaisuja kohti alahuulen keskivaiheilla olevaa, liki huomaamatonta kohoumaa. Naisen silmät ikään kuin punnertavat hieman, millimetrin tai korkeintaan kaksi, ulospäin kuopistaan suurin piirtein kolmenkymmenen punnerruksen minuuttitahdilla. Voidaankin sanoa, että naisen kasvoilla on käynnissä kokonaisvaltainen ajatusjumppa.

Tässä tapauksessa naisen sanaton viestintä on juuri niin paljastavaa kuin sanaton viestintä vain parhaimmillaan voi olla. Vastaan on nimittäin tullut laadultaan ikävä yllätys. Nainen on mennyt – kuten joka arkipäivä – noutamaan tyttärensä koulusta tarkoituksenaan ladata samalla kannettavalle tietokoneelleen kuvamateriaali videokameroista, jotka hän on piilottanut kolmeen koululuokkaan edelliskesänä. Kaksi ja puoli kuukautta ovat kamerat keränneet uskollisesti tuiki tärkeää videoinformaatiota, jonka avulla nainen on voinut edesauttaa tyttärensä koulunkäyntiä monin tavoin.

Äidinkielen tunnilla opettaja on hämmästynyt, kun yksi oppilaista on luonnehtinut luokkatoverinsa kouluaineen pitävän sisällään vonnegutmaisia elementtejä. Englanninopettaja on taas riemastunut, kun tämä samainen oppilas on ensin tunnistanut merkkiä ja mallia myöten ja sen jälkeen kauttaaltaan kehunut hänen Italiasta tilaamansa olkalaukun. Matematiikan tunti on jouduttu keskeyttämään kymmenen minuutin ajaksi, kun opettaja on valokopiointitarpeisiin vedoten vetäytynyt käytävälle tarkistamaan, mitä matriisialgebra oikeastaan tarkoittaakaan. Kerrassaan kypsiä ja osuvia huomioita kolmosluokkalaiselta, on opettajainhuoneella todettu ihastellen kerta toisensa jälkeen.

Mutta nyt on eteen noussut seinä. Jokin tekninen murhe on iskenyt videovalvontajärjestelmään, eikä kuvamateriaali ole suostunut siirtymään tietokoneelle. Aluksi seinä on tyrmännyt naisen aivan toivottomaksi. Hankala on tyttöä lähettää oppitunneille, kun ei ole edes vuorosanoja antaa tueksi. Sitten pieni ajatuksen tuike alkaa loistaa jossain kaukana, ja kun kieli on lipaissut alahuulen kohoumaa tarpeeksi monta kertaa ja otsa rullannut itsensä mutkille riittävän usein, muuttuu tuike kokonaiseksi suunnitelmaksi.

Nyt on aika kirjoittaa opettajille taas yksi niistä viesteistä, joiden ensimmäiset luonnokset nainen on raapustellut jo kauan ennen lasten syntymää. Syyslomalla hän käy huoltamassa kameralaitteiston. Vahtimestari päästää hänet kyllä sisään. Aivan niin, nainen on sattunut näkemään koulun vahtimestarin eräässä tilaisuudessa, johon osallistumisen vahtimestari ei soisi tulevan rehtorin tietoon. Niinpä on tehty sopimus. Täydellistä vaitioloa vastaan vahtimestari on päästänyt naisen eräänlaisille tutkimusretkille koulun sisätiloihin. Nainen onkin videovalvontalaitteiston asentamisen lisäksi muun muassa käynyt tutkimassa ja valokuvaamassa koepinkkoja ja opettajien muistikirjoja.

– Mmm, tarpeellisia reissuja, tarpeellisia kerrassaan, hän myhäilee itsekseen muistellessaan tutkimusmatkojaan.

Nainen riisuu viimein ulkovaatteensa, nousee yläkerran makuuhuoneeseen ja lukitsee oven takanaan. Työpöydän alimmasta vetolaatikosta hän nostaa esiin kaksi muistikirjaa ja sinikantisen vihkon. Muistikirjoja selaillen hän alkaa hahmotella vihkoon viestiluonnosta. Hän lukee virkkeitä ääneen, kuulostelee ja makustelee niitä, muuttaa sanajärjestystä, korvaa sanan toisella ja makustelee uudestaan. Luonnosteluprosessi kestää liki tunnin, ja vasta sitten hän käynnistää tietokoneensa.

Nainen kirjautuu sisään tyttärensä nimeä kantavaan sähköpostilaatikkoon. Tosiasiallisesti tytär ei ole koskaan tätä sähköpostia käyttänyt eikä hän itse asiassa edes tiedä sen olemassaolosta. Sen sijaan nainen on lähettänyt tästä osoitteesta useitakin tarkkaan luonnosteltuja viestejä, jotka omalta osaltaan ovat tasoittaneet tyttären elämänpolkua helpommaksi kulkea. Nainen tarkistaa englanninopettajan nimen koulun kotisivuilta ja alkaa kirjoittaa.

Parahin opettaja,

aloitan tämän vaatimattoman viestini sanalla parahin, koska te toden totta olette paras pedagogi, johon minulla on ollut ilo tutustua tämän vielä toistaiseksi sangen lyhyen elämäni aikana. Haluaisinkin tässä yhteydessä esittää vilpittömät kiitokseni jokaisesta oppitunnista, jonka olette minulle ja opetusryhmälleni tarjonnut. Ei, perun äskeiset sanani. Olisi vähättelyä todeta, että olen kiitollinen jokaisesta oppitunnistanne. Minä olen kiitollinen jokaisesta oppiminuutista, oppisekunnista ja edellä mainittuja pienemmistä aikayksiköistä, jotka saan viettää kauttaaltaan sivistävän läsnäolonne vaikutuspiirissä.

Ah, nyt huomaan jaarittelevani. Toisinaan minulle käy niin (Ystävättäreni ovat nimittäin huomauttaneet tästä!), kun oikein innostun jostakin asiasta, ja miten voisinkaan olla innostumatta teistä ja didaktisista ratkaisuistanne. Erityisesti minua viehättää tapanne sujauttaa opetuspuheenne sekaan intertekstuaalisia kielileikkejä. Malttamattomana odotan myös, millaisen näkökulman otatte relatiivilauseiden käsittelyyn — aihe jota ansiokkaasti sivuatte pro gradu -tutkielmassanne (s. 40 - 43). Ymmärtääkseni relatiivilauseet opiskellaan neljännen vuosiluokan syyslukukaudella. Tämä toki sillä varauksella, että koulumme jatkaa nykyisen kirjasarjan käyttämistä. Oletteko muuten jo käynnistänyt keskustelut oppikirjakustantajien kanssa? Olisin mitä kiitollisin, jos saattaisitte tietooni mahdolliset muutokset koskien edellä mainittuja seikkoja.

Parahin opettaja, olen nyt kenties turhankin monisanaisesti pohjustanut varsinaista asiaani eli juuri sitä, jonka vuoksi annan sormenpäideni tälläkin hetkellä leikitellä näiden lohduttoman mustien kirjainnäppäinten päällä. Pyydän kuitenkin ymmärrystänne, sillä asiani on raskas ja se painaa sydäntäni kovin. Suuri murhe on kohdannut perhettämme ja rakastettu Tyyne-tätini on siirtynyt ajasta iäisyyteen — kuten tavataan sanoa.

Tämän rakastetun matriarkan siunaustilaisuus toimitetaan eräällä niin syrjäisellä paikkakunnalla, että minä ja perheeni joudumme aloittamaan synkän taivalluksemme sinne jo tulevana yönä. Näin ollen tapahtuu se, mitä kumpikaan meistä ei olisi toivonut, tuskin edes kauheimmissa kuvitelmissaan aavistanut. Niin, joudun laiminlyömään kouluvelvollisuuteni näiksi kahdeksi päiväksi ennen syysloman alkua. Sydämeni repii minua kahteen suuntaan, mutta koen olevani Tyynelle velkaa sen, että saattelen hänet hänen viimeiselle matkalleen. Minulle on lisäksi varattu arkunkantajan rooli ensiroudan murjomalla kirkkomaalla, joten läsnäoloni tilaisuudessa on pikemminkin pakollista kuin toivottavaa.

Ymmärryksenne lisäksi, jota vaille en epäile hetkeäkään jääväni, toivoisin saavani teiltä tiedot tulevien päivien tuntien oppisisällöistä. Myös kaikenlainen tuntisuunnitelmamateriaali kiinnostaa minua liki pohjattoman paljon. Vastalahjaksi minulla ei ole antaa kuin ikuinen kiitollisuuteni. Ymmärrän kyllä, että se on vähän, mutta toivon sen riittävän.

Nainen lukee viestin kertaalleen läpi. Tovin makusteltuaan hän poistaa virkkeen, jossa puhutaan arkun kantamisesta. Jostain syystä se vaikuttaa hänestä jotenkin epäuskottavalta. Nainen pohtii hetken sopivaa lopputervehdystä ja päätyy vaihtoehtoon "Kunnioittavin terveisin". Se tuntuu luontevimmalta viestin yleissävy huomioiden.

Määrätietoisesti nainen painaa lähetyspainiketta ja rupeaa työstämään uutta viestiä. Seuraavan reilun tunnin aikana sisällöltään samankaltaisella sähköpostilla lähestytään myös kahta muuta opettajaa.

Nainen sulkee tietokoneen kannen ja laskeutuu portaat alakertaan. Kapteeni ja alokas saapuvat sattumalta juuri samalla hetkellä kotiin. Alokkaan maastopuku on kauttaaltaan ruskean, vasta osittain kuivuneen mudan peitossa, joka on jättänyt merkkejään myös tämän sotilashenkilön kasvoihin ja kämmeniin. Hänet komennetaan takapihan terassille odottamaan tulevia määräyksiä. Kapteeni ja nainen antavat toisilleen pikaisen selvityksen asioiden tilasta, minkä jälkeen päätetään kutsua mummi hoitamaan tytärtä kahden poissaolopäivän ajaksi.

Sivulauseessa, ikään kuin näennäisen puolihuolimattomasti, nainen tiedustelee pojan vaatekerran mutaisuuden syytä. Hän ei sinänsä halua puuttua sotilaalliseen valmistelutyöhön, sillä he ovat kapteenin kanssa sopineet tarkasti työnjaosta kasvatusprosessia koskien. Asia kuitenkin kiinnostaa häntä yleisellä tasolla. Kapteeni kertoo, että alokasta on tänään siedätetty usean tunnin ajan panssarivaunupelkoa kohtaan. Alokas on kaivanut itselleen makuukuopan, kuin matalahkon haudan, ja käynyt siihen selinmakuulle. Tämän jälkeen kapteeni on vuokraamallaan kaivinkoneella ajanut kuopan yli yhä uudestaan ja uudestaan siten, että telaketju on joka kerralla osunut lähemmäs makuukuoppaa ja lopulta mennyt suoraan kuopan ja alokkaan päältä. Harjoituksen perusajatus on peräisin Puolustusvoimilta, joskaan itse menetelmä ei enää ole aktiivisessa käytössä.

– No siedättyikö? nainen kysyy.

– Taisi siedättyä.

Aloitetaan iltaruokailu. Kapteeni lämmittää kaikille ruokailijoille mikroaaltouunissa eilistä makaronilaatikkoa, joka on miellyttävällä tavalla jähmettynyt aiempaa tiiviimpään muotoon jääkaapissa viettämänsä yön aikana. Kapteenin lautasellinen saa kahden minuutin täysteholämmityksen, samoin naisen. Tyttären lautasta lämmitetään puolitoista minuuttia, ja alokkaan makaronilaatikko oikeastaan vain käväisee mikroaaltouunissa. Jo viidentoista sekunnin kohdalla kapteeni avaa oven ja kopistelee haalean laatikon lautaselta alumiinipakkiin.

– Tällaista se on siellä leirilläkin, kapteeni selittää, kun nainen silmäilee häntä kysyvästi.

Muu perhe ruokailee keittiön pöydän ääressä, mutta alokas syö niin sanotussa korkeassa polviasennossa terassilla. Järjestely on toki nähty tässä taloudessa aiemminkin, mutta yhä vain se kiinnostaa perheen tytärtä siinä määrin, ettei hän malta keskittyä omaan syömiseensä vaan alituiseen kurkistelee terassilla kyhjöttävää veljeään.

Nainen huomaa tilanteen ja rientää hätiin. Hän ottaa ketsuppipullon ja kaksin käsin sitä rutistellen ruikkii tytön makaronilaatikon päälle paksun, punaisen hunnun. Tyttö nimittäin rakastaa ketsuppia yli kaikkien ruoka-aineiden. Tämä toimenpide riittää jo itsessään siirtämään tytön huomion terassilta lautaselle, mutta nainen päättää pelata varman päälle.

– Sinä et sitten mene huomenna kouluun, hän sanoo ja toivoo sisimmässään, että ilmoitus saa tytön unohtamaan veljensä ruokailuun liittyvät seikat makaronilaatikkolautasensa ajaksi.

– Miksen? tyttö kysyy.

– Opettajat ovat taas lakossa. Uutisissa sanottiin, että se kestää kaksi päivää – ainakin näin ensi alkuun. Syysloman jälkeen katsovat kuulemma tilannetta uudestaan.

– Mutku mulla on Jeminalta yks juttu lainassa, ja lupasin et palautan sen huomenna.

Nainen ja kapteeni vilkaisevat toisiaan. Vaivih-
kaisen silmäniskukommunikaation avulla he sopi-
vat, kumpi hoitaa tilanteen. Tällä kertaa roolin saa
kapteeni.

– Opettajat! kapteeni jyrähtää ilmoille aloituk-
sen, joka hiljentää koko pöytäseurueen. Alokaskin
ojentaa niskaansa nähdäkseen, mitä sisällä puhu-
taan. – Onkohan olemassa toista ammattiryhmää,
joka yhtä häikäilemättömästi käyttää hyväkseen
lakko-oikeutta, jonka sivistysyhteiskunta on silk-
kaa suopeuttaan sille suonut? Kun nämä maisterit
kolme kuukautta kesälomailtuaan tallustelevat hy-
vin levänneinä ja kauttaaltaan ruskettuneina vii-
mein takaisin opettajainhuoneelle, alkaa jo seuraa-
van työtaistelun odottaminen. Malttamattomina
vilkuillaan sivupöydän vihreää lakonilmoituspu-
helinta. "Oi soi jo, soi nyt viimein!" soperrellaan
epätoivon kiillottama vimma silmissä. Ja lopulta
puhelin soi. Vanhempi lehtori vastaa, kuuntelee,
nyökkäilee ja ynähtelee: "Jaaha. Vai niin. Kaiken-
laista sitä. No, eihän tässä muukaan auta." Muut
tuijottavat häntä hiljaa. Sitten puhelu loppuu, ja
kuullaan ilouutinen: Haukiputaalla on eräs liikun-
nanopettaja kompastunut koripalloon ja venäyttä-
nyt selkänsä keskivaikealla tavalla. Tilanne on päi-
vänselvä. Tehtaan pilli ulvahtaa lähtömerkin. Ko-
neet seis, homma kiinni, leimatkaa itsenne ulos ja
menkää koteihinne. On jälleen valmistauduttava
uuvuttavaan työtaisteluun, joka jatkuu, kunnes
riistäjät oppivat varastoimaan vaaralliset peliväli-
neet asianmukaisella tavalla. Niin pysähtyy kou-
lun toiminta. Oppimatta jäävät seitsemän kerto-
taulu ja ahvenen sisäelimet. Mikä on Kirgisian

pääkaupunki? Entä Lapin maakuntakivi? Kukaan ei tiedä eikä saakaan tietää. Ei vielä pitkään aikaan, sillä haukiputaalaisen alaselästä on löydetty mustelma. Lakko päätetään venyttää jatkumaan joululomaan saakka. Pisa-tulokset aloittavat ennennäkemättömän syöksylaskun kohti mittausasteikon pohja-akselia. Ruotsista, Venäjältä, Virosta ja Norjasta kiidätetään maahamme helikoptereilla hätäapuopettajia. Ja kaiken tämän keskellä yhteiskunnalliselle tragedialle antaa inhimilliset kasvot 3B-luokan Jemina, joka yhä vain odottaa yleensä niin luotettavan luokkatoverinsa lainaamaa juttuaan takaisin.

Kapteenin loppuaan kohden tunteikkaaksi kallistunutta avautumista seuraa hämmentynyt hiljaisuus. Tytön mieli on nyt niin täynnä eriskummallisia sanoja ja uusia käsitteitä, ettei hän kykene muodostamaan poissaoloonsa liittyviä lisäkysymyksiä. Nainen huomaa tämän ja vie prosessin loppuun.

– Isäsi puhuu ihan tosijuttuja, mutta älä näistä juttele kuitenkaan koulussa. Opettajat ovat jotenkin niin herkkiä tuosta lakkoasiasta. Äläkä Jeminalle tai muillekaan sano mitään. Sano vaikka, että olit hautajaisissa, kun ei näistä ole tapana puhua suoraan.

– Ollaanko me menossa hautajaisiin? tyttö kysyy.

– Jaa mutta eiköhän me soiteta mummi paikalle! kapteeni huudahtaa.

Tyttö kiljaisee riemusta. Samalla hetkellä hän myös unohtaa äsken käydyn keskustelun, sillä mummi on hänen ehdoton suosikkinsa ja mummin kanssa on aina mukavaa. Alokas huomaa siskonsa riemun, koputtaa terassin oveen ja saatuaan luvan puhutella tiedustelee, mitä on tekeillä. Myös hän ilahtuu mummiuutisista, ja kun kapteeni havaitsee perheen yleistunnelman kohonneen pienten vastoinkäymisten jälkeen normaalille tasolleen, kruunaa hän illan myöntämällä alokkaalle yhdistetyn iltavapaan ja kolmen päivän kuntoisuusloman vapaavalintaisella pukukoodilla.

Alokas kiittää ryhdikkäästi ja poistuu pakkia iloisesti heilutellen autotalliin vaihtamaan vaatteita. Myös kapteeni menee yläkertaan, riisuu univormunsa ja pukee päälleen arkiasusteensa, harmaat keinokuituhousut ja violetin t-paidan. Kun hän ja alokas kohtaavat tuokion kuluttua keittiössä, ovat he jälleen isä ja poika.

Tällä välin on nainen soittanut puhelun mummille, joka on luvannut saapua paikalle hetkeäkään viivyttelemättä. Alkaakin odotus, jollaista useimmissa kotitalouksissa nähdään vain jouluaaton aikaan. Tyttö kuulostelee etupihalta kantautuvia ääniä malttamattomana, ja jokainen moottorin urahdus ja autonrenkaan vonkaisu on hänen mielestään peräisin mummin taksista. Tuo pieni ihminen ehtii kipittää kurkistamaan eteisen sivuikkunasta puolenkymmentä kertaa, ennen kuin hartaasti odotettu taksiauto pysähtyy talon eteen.

Mummi on saapunut!

Perhe järjestäytyy eteiseen rivimäiseen, päistään hieman kaareutuvaan vastaanottomuodostelmaan, mutta kun mummin olkalaukkua kantava käsi ilmestyy ovenraosta näkyviin, rientää tyttö jo kohti tuota rakastamaansa ihmistä. Myös poika ottaa muutaman, teini-ikäisille tyypillisellä tavalla näennäisen vastahakoisen askelen eteenpäin ja menee halaamaan odotettua vierasta. Mies ja nainen katselevat tyytyväisinä näkymää. Taas on tehty asiat oikealla tavalla.

Tyttö juoksee huoneeseensa ja ilmoittaa kiljuen, että mummin pitää välittömästi tulla katsomaan hänen uusia lelujaan. Mummi lupaa saapua huoneeseen, kunhan saa ensin ulkovaatteet naulakkoon. Hän riisuu takkinsa ja kenkänsä ja ojentaa sitten olkalaukkunsa naiselle katsoen tätä samalla tiukasti silmiin. Nainen nyökkää liki huomaamattomasti, ottaa laukun ja asettaa sen eteisen lipaston päälle. Kun muu perhe on poistunut eteisestä, sujauttaa nainen ruskean kirjekuoren olkalaukun sisälle. Kuoren muodosta voi päätellä, että sen sisällä on setelirahaa.

On nimittäin niin, että äsken taloon saapunut rouva ei ole mitään sukua kenellekään talon asukkaista. Tosiasiallisesti hän on naisen entinen, sittemmin jo eläköitynyt parturi-kampaaja, joka sangen kohtuullista tuntikorvausta vastaan käy esittämässä perheessä lasten isoäitiä.

Edellä mainittuun, varsin poikkeukselliseen järjestelyyn on päädytty, koska lasten oikeista isovanhemmista ainoastaan yksi on enää elossa eikä hän edusta millään mittapuulla katsottuna ihanteellista mummin mallia. Päinvastoin tämä lasten biologinen isoäiti on heti eläköidyttyään ruvennut harrastamaan erikoisuudentavoitteluun tähtäävää hiusvärjäystä, moottoripyöräilyä ja toistuvaa matkustelua paikkoihin, joista useita puolisotilaalliset kapinallisjoukot pitävät hallussaan. Tämän vuoksi on ollut täysin selvää, että lapsille täytyy etsiä yleisvaikutelmaltaan pehmeämpi isovanhemman malli. Oikealle isoäidille ei ole itse asiassa edes kerrottu lasten syntymästä, ja niinä harvoina kertoina, kun hän on ennättänyt taloon vierailulle, on lapset lähetetty yökylään kavereidensa luokse.

Ilta vierähtää miellyttävissä tunnelmissa. Parturi-kampaaja-isoäiti leikkii tytön kanssa mutta muistaa antaa huomiota myös pojalle, joka ikään kuin hivuttautuu mummin läheisyyteen juttusille. Kysellään ja vaihdellaan kuulumisia. Nainen ja mies valmistavat koko perheelle yhteiseksi iltapalaksi lämpimiä voileipiä, joiden nauttimisen jälkeen mummille tehdään peti olohuoneen vuodesohvalle. Tyttö ei malttaisi millään mennä nukkumaan, mutta kun mummi tulee peittelemään hänet ja lukemaan muutaman sivun kirjasta Porsastarinoita, saadaan nukahtamisjärjestelyt saatettua loppuun.

Alakerta hiljenee, ja nainen napsauttaa viimeiseksi palamaan jätetyn eteisen kattovalon pois päältä. Tämän jälkeen hän ja mies nousevat portaat yläkertaan ja vetäytyvät makuuhuoneeseensa. Ovi lukitaan. Mies kävelee yläkerran terassille vievän oven luo ja avaa sen. Sisään huoneeseen astuu kaksi ihmistä, punahiuksinen nainen ja kuukasvoinen mies.

Nyt on makuuhuoneessa siis neljä ihmistä: entinen kapteeni, pitkäposkinen ja persoonallisella tavalla kaunis nainen, punahiuksinen nainen ja kuukasvoinen mies. Kätellään ja halataan. Kaikenlainen puhekommunikointi suoritetaan kuiskaten.

Kuukasvoinen mies ilmoittaa, että häntä väsyttää, ja hän poimiikin sängyn alta suurikokoisen teräskammen. Mies painaa oikealla etusormellaan makuuhuoneen seinää. Kuuluu naksahdus, ja seinään aukeaa pieni luukku, aivan kuin joulukalenterissa. Luukun takana on neliönmuotoinen reikä, johon kuukasvoinen mies asettaa kammen toisen pään. Hän alkaa pyörittää kampea.

Huoneeseen kantautuu vaimean matalaa, hurinan kaltaista ääntä, kun seinä liukuu metrin verran sivuun. Jos pääsisi kurkistamaan seinän sisärakenteisiin, voisi todeta, että siirtomekanismi on samanlainen kuin kirjaston arkistokaapeissa. Seinän siirtymisen myötä syntyneen oviaukon takaa paljastuu piilohuone. Kooltaan se ei ole juuri lattialla olevaa futonsänkyä suurempi, eikä huoneessa ole sängyn lisäksi kuin kaksi matalaa yöpöytää ja niiden päällä lukulamput.

Kuukasvoinen mies ja pitkäposkinen nainen menevät piilohuoneeseen. Entinen kapteeni tarttuu kampeen ja veivaa piilohuoneen oven miltei kiinni. Vain ohuehko rako jätetään ilmanvaihtoa ja mahdollisia wc-käyntejä varten. Entinen kapteeni ja punahiuksinen nainen vaihtavat ylleen yöasusteet. Seinän toisella puolella toimitaan samoin. Peitot kahisevat, kun nämä neljä asettautuvat nukkumaasentoihinsa. Kuiskaten toivotetaan puolin ja toisin hyvää yötä.

Rauhoituttuaan jo hetkeksi sänkyyn ponkaisee entinen kapteeni vielä ylös ja käy tarkistamassa, että makuuhuoneen ovi on varmasti lukossa. Olisi nimittäin sangen kiusallista, jos esimerkiksi perheen tytär sattuisi aamulla ryntäämään makuuhuoneeseen ja näkisi sängyssä äitinsä sijaan tuntemattoman naisen. Vielä pahempi tilanne voisi olla, jos paikalle osuisikin perheen poika. Isä saattaisi joutua aviorikossyytösten kohteeksi, ja koska kyseessä on teini-ikäinen ihminen, kielenkäyttö olisi mitä luultavimmin varsin karkeaa.

Aviorikoksesta ei ole kuitenkaan kyse. Pitkäposkinen nainen ja entinen kapteeni ovat nimittäin eronneet jo liki kymmenen vuotta sitten, melko pian tyttären syntymän jälkeen. On kuitenkin todettu yksimielisesti, että vanhempien avioero on liian vahingollinen ja traumaattinen tapahtuma lapsille. Tämän vuoksi asia on päätetty salata heiltä ja vanhemmat ovat jatkaneet avioparin esittämistä.

Sittemmin molemmat ovat menneet tahoillaan uudestaan naimisiin, ja kahden avioparin yhteiselon helpottamiseksi on makuuhuoneeseen rakennettu edellä mainittu piilohuone. Vuorokuukausin vaihdellen pariskunnat nukkuvat ja suorittavat yleisinhimillisiä sänkytoimintojaan joko päämakuuhuoneessa tai seinän takaisessa piilotilassa. Jälkimmäisiä toimintoja silmällä pitäen väliseinän rakenne on täysin äänieristetty.

Entinen kapteeni kääntyilee levottomana sängyssä. Tyyny tuntuu jotenkin tavanomaista muhkuraisemmalta, peitto karkailee koko ajan säärien päältä, eikä hyvää asentoa löydy oikein millään. Protestoidakseen tilannetta vastaan hän kääntyy kyljelleen korostaen liikettään voimakkaasti kuin teatterinäyttelijä. Piilo-oven raosta hän näkee hennosti kajastavan lukulampun valon. Hän tietää, että pitkäposkisella naisella on tapana lukea myöhään yöhön, kun huolet painavat mieltä.

Samaiset huolet vellovat myös entisen kapteenin mielessä. Onko lasten eteen tehty varmasti kaikki mahdollinen? Miten he selviävät huomisesta, ensi viikosta, seuraavasta vuodesta ja siitä eteenpäin? Olisiko sittenkin pitänyt ruveta valmistelemaan poikaa siviilipalvelusta varten? Se kun lienee muodikas vaihtoehto nykyään.

Entinen kapteeni huokaa, luovuttaa unen suhteen ja nousee ylös. Hän sytyttää työpöydän valon, kaivaa esiin muistiinpanonsa ja rupeaa suunnittelemaan tulevan viikon käsikranaattiharjoitusten yksityiskohtia. Pitkäposkisen naisen kasvot ilmestyvät ovenrakoon, ja kun nainen huomaa entisen kapteenin touhut, liittyy hän tämän seuraan ja käynnistää tietokoneen. Kovalevyllä odottaa hiomistaan kiitospuheen luonnos hymytyttöpatsaan vastaanottotilaisuutta varten.

Niin sekoittuu kuukasvoisen miehen ja punahiuksisen naisen unituhinaan nyt lyijykynän pehmeä rahina ja näppäinten hiljainen napsutus. Menee myöhään aamuyöhön, ennen kuin on tehty riittävästi ja ainaisen levottomuuden tilalle astuu lempeä rauha, joka viimein päästää nukkumaan nuo kaksi lastensa suojelijaa.

PEUKALOTESTAMENTTI

Keskisuureen, kauttaaltaan puupaneloituun auditorioon on kerääntynyt joukko ihmisiä. Tunnelma on odottava, ja niin kuin odottava ihmisryhmä yleensäkin, tuottaa myös tämä joukko reipasta puheensorinaa. Sen sisällöstä voidaan päätellä, että ihmiset ovat tiedotusvälineiden edustajia, pääasiassa toimittajia ja valokuvaajia.

On alkamassa tiedotustilaisuus. Auditorion etuosassa on pitkä puupöytä, johon on kiinnitetty eri medioiden mikrofoneja. Monenlaista järjestelijää hääräilee pöydän ympärillä. Säädetään mikrofoneja oikeaan asentoon, tuodaan vesilaseja ja kannu ja varmistetaan, että pöydän takana odottavan tuolin kaasujousimekanismi toimii. Paperinippuja suoristetaan yhdenmukaisiksi pinkoiksi.

Kaiken tämän touhuamisen keskeltä erottuu yksi hahmo. Aivan auditorion alaoven vieressä, vihreän exit-merkin kohdalla seisoo rauhallisena papaijavaahdon väriseen jakkuun pukeutunut nainen. Hän on kaikenlaisen hääräilyn, kiireen ja järjestelyn vastakohta. Hän vain seisoo ja katselee välinpitämättömästi muiden toimia. Välillä nainen vilkaisee kelloa puolihuolimattomasti rannettaan kääntäen.

Suunnataan keskittyminen taas median edustajien sorinaan. Käy ilmi, ettei kukaan tiedä, mitä tiedotustilaisuus käsittelee. On vain tullut kutsu saapua tähän aikaan tähän auditorioon, ja rivien välistä on voinut lukea, että jotain suurta aiotaan paljastaa. Siinä kaikki.

Järjestelijöiden joukko saa työnsä valmiiksi, poistuu ja jättää auditorion etuosaan odottavan tunnelman. Jakkupukuinen nainen vilkuilee kelloaan yhä tiuhempaan ja kääntelee päätään ikään kuin kuulostellen jotakin. Kun hän laskee oikean kämmenensä ovenkahvan päälle, lakkaa puheensorina ja tilan valtaa hiljaisuus. Kuuluu vain naksahduksia ja moninaisilla sävelkorkeuksilla soivia piippausääniä, kun valokuvaajat kytkevät kameroihinsa virran. Vaatteetkin kahisevat. Nojaudutaan eteenpäin, jotta nähdään ja kuullaan varmasti kaikki.

Jakkupukuinen nainen puristaa kämmenensä kahvan ympärille, painaa sitä alaspäin ja avaa oven. Sen takaa paljastuu loisteputkin valaistu, tyhjä käytävä.

Yleisössä käännetään paremmin kuuleva korva oviaukon suuntaan, kallistetaan katse jonnekin yläviistoon ja raotetaan hieman suuta. Tämä tarkkaavaiseen kuunteluun tarkoitettu asennon ja eleiden yhdistelmä palkitaan, sillä jostain kaukaa kuuluu kiinni kolahtavan oven ääni.

Narahdus ja pehmeä kopsahdus. Ja samat äänet yhä uudestaan ja uudestaan. Voidaan päätellä, että käytävällä liikkuva hahmo käyttää nahkakenkiä, joissa on seoskumista valmistetut pohjat.

Askelten ääntä kuunnellaan nelisenkymmentä sekuntia. Sitten oviaukosta näkyvään lattiakaistaleeseen ilmestyy varjo ja varjon perässä mies.

Mies astuu auditorioon.

Kamerat rupeavat räksyttämään välittömästi miehen nähtyään. Ja mikseivätpä räksyttäisi, sillä mies on tyylikäs (joku voisi käyttää sanaa charmikas) ilmestys. Hän on pukeutunut belgialaistyyppiseen, kaksiriviseen pukuun, värinä tummanharmaa. Jaloissaan miehellä on umbran väriset sardinialaiskengät ja kaulassa viininpunainen rusetti.

Mies jää hetkeksi seisomaan oviaukkoon ja silmäilee kiinnostuneen oloisena yleisöään. Voidaan nähdä tyytyväisyyden merkkejä hänen kasvoillaan. Mies nyökkää yleisölleen muttei ei sano sanaakaan. Hän kävelee rauhallisesti pöydän ääreen ja tarkastelee mikrofonirivistöä, joka tervehtii häntä pöydän toiselta puolelta. Mies ynähtää hyväksyvästi, liu'uttaa tuolin pöydän alta ja istuutuu sille varovasti.

On aika puhua.

– Arvoisat tiedotusvälineiden edustajat, mies aloittaa.

Auditorion takaosaan pystytetyn sermin takaa kuuluu hiljaista muminaa. Tästä voidaan päätellä, että tiedotustilaisuus simultaanitulkataan ulkomaisille medioille.

– Te kaikki tiedätte, kuka minä olen. En sano tätä korostaakseni kuuluisuuttani tai mainetekojeni arvoa vaan ainoastaan todetakseni selvän tosiasian. En siis aio tuhlata aikaamme jaarittelemalla itsestäni tai urastani, joka on – ymmärrän sen kyllä – mielipiteitä jakava.

Yleisössä nyökkäillään. Miehen teot voidaan nähtävästi kokea monin tavoin.

– Katselen teitä ja näen monen kasvoilla merkkejä epäuskosta, hämmästyksestä ja äimistyksestä sekä muista tuntemuksista, jotka jäävät edellä mainittujen muodostaman tunnekolmion sisälle. En syytä teitä, en soimaa. Kukapa olisi osannut odottaa, että se olin juuri minä, joka kutsui teidät tähän tilaisuuteen.

Jälleen nyökytellään. Kukapa olisi tosiaan uskonut, että kutsun takana on juuri tämä mies.

– Huomaan olevani teille selityksen velkaa. Suokaa minulle siis hetki, niin kerron teille kaiken.

Mies rykäisee ja ryhdistää hieman asentoaan.

– Prosessi, josta kuulette kohta enemmän, sai alkusysäyksensä puolisentoista viikkoa sitten torstaiaamuna. Olin juuri lopettelemassa aamiaishetkeäni ja tarkoitukseni oli siirtyä kohta työhuoneelleni, kun huomioni kiinnittyi yleisradioaseman ajankohtaisohjelmaan. Mahtaako joku arvata jo nyt, mistä ohjelmasta on kyse?

Yleisössä ei arvata.

– Ohjelma käsitteli Yhdysvaltojen ruumistarhoja, body farmeja. Tiedän, aihe on hieman makaaberi. Myönnätte varmasti kuitenkin, että juuri tällaiset aiheet voivat samanaikaisesti olla sekä luotaantyöntäviä että oudolla tavalla kiehtovia. Näissä tarhoissa siis tutkitaan ihmisruumiin hajoamisprosessia, ja näin saatua tietoa hyödynnetään rikosteknisessä tutkimuksessa.

Toimittajat vilkuilevat toisiaan. Mitäs tämä nyt oikein on?

– En referoi nyt enempää ohjelman sisältöä, mutta suljettuani radion minut valtasi levottomuus, niin voimakas, etten ole moista aiemmin kokenut. Minuthan tunnetaan varsin itsevarmana ihmisenä – tai ainakin julkisuuskuvani on pyritty rakentamaan sellaiseksi – mutta tuona torstaiaamuna olin kaikkea muuta kuin itsevarma. Työnteosta ei tullut mitään. Ajatukseni kimpoilivat epämiellyttävissä aihepiireissä. Ensimmäistä kertaa elämässäni todella sisäistin, että jonain päivänä kaikki mitä olen, katoaa, maatuu pois. Näin käy myös sille, joka on tehnyt minusta sen, mikä tänä päivänä olen. Kyllä. Puhun tietenkin peukalostani.

Mies nousee seisomaan, avaa housunnappinsa ja asettaa hellävaroen peukalonsa lepäämään pöydälle.

Yleisö kohahtaa. Vaikka suurin osa läsnäolijoista on nähnyt miehen peukalon heilahtelemassa paikallistelevision myöhäisillan lähetyksissä, ei kukaan ole katsonut tuota ilmestystä silmästä silmään. Niin kuin valokuva ei tee oikeutta Taj Mahalin mausoleumille, eivät televisioruudutkaan voi välittää katsojilleen tuon peukalon kokonaisvaltaista uljautta. Näkymä on sanalla sanoen vaikuttava.

– Tässä hän nyt on. Kaikkihan me hänet tunnemme, osa paremmin, osa ei kenties vielä niin hyvin. Hän on minun kuuluisa peukaloni. Peukalo, jota himoitaan. Peukalo, jota kadehditaan. Peukalo, josta reserviupseerikurssi Ursus Fennican oppilaat kertoivat karkeita mutta samaan aikaan sangen kekseliäitä vitsejä Rovajärvellä marraskuussa 1998. Edellä mainitsemani radio-ohjelman mukaan käy niin, että jokin päivä tämä peukalo mädäntyy, maatuu ja katoaa pois. Ymmärrätte varmasti, millainen menetys se olisi ihmiskunnalle.

Yleisö nyökyttelee. On päivänselvää, ettei kyseessä olevaa peukaloa saa missään tapauksessa päästää katoamaan.

– Noh, älkäähän nyt näyttäkö noin huolestuneilta. Olen nimittäin ruvennut varotoimenpiteisiin. Yhdessä asianajajani kanssa olemme laatineet peukalostani testamentin. Kun sitten joskus aikani on tullut täyteen ja siirryn jatkamaan liiketoimiani seuraavaan ulottuvuuteen, peukaloni irrotetaan ruumiistani Oulun yliopistollisessa sairaalassa ja se jaetaan seuraavalla tavalla seuraaville tahoille.

Mies tekee lantiollaan vaivihkaisen liikkeen, joka saa peukalon kärjen kohoamaan hieman. Syntyy vaikutelma, että peukalo ikään kuin osallistuu keskusteluun. *Minustako täällä puhutaan?* Auditoriossa tämä saa aikaan iloisia hörähdyksiä. Joku osoittaa peukaloa etusormellaan ja tönäisee vierustoveriaan kevyesti kyynärpäällä kylkeen. "Näitkö?"

Mies kaivaa taskustaan mustan tussin ja piirtää katkoviivan noin kaksi senttiä peukalonsa kärjestä varteen päin. Sitten hän kirjoittaa numeron 1 näin erotettuun palaseen.

– Katsokaapas tätä päätypalaa. Kuinka leikkisä se onkaan, jollain tavalla nähdäkseni kujeilevakin. Juuri tämän leikkisyyden vuoksi minä lahjoitan päätypalan Merikarvian HupiHupimaalle. Siellä se istuu lasivitriinissä heti pääsisäänkäynnin yhteydessä ja tervehtii iloisesti hymyillen vierailijoita sekä läheltä että kaukaa. Olen jo puhunut asiasta HupiHupimaan edustajien kanssa, ja minun lienee turha kertoa, että he olivat ehdotuksestani innostuneita. Annoin itseni jopa ymmärtää, että pala voisi jossain vaiheessa päästä kiinteäksi osaksi huvipuiston markkinointimateriaalia, eräänlaiseksi maskotiksi siis.

Yleisö taputtaa. Tuohan on oikein hyvä koti päätypalalle.

– Jatketaan eteenpäin.

Mies piirtää peukaloonsa toisen katkoviivan, kaksi senttiä edellisestä alaspäin. Palaan hän kirjoittaa numeron 2.

– Elämäkertani "Peukalopäiväkirja" lukeneet tietävät, että olen pohjoisen poika, rintalastani alla takoo pikkukyläläisen sydän. Siispä minun on suuri ilo ja kunnia kutsua tänne Akseli Virta-Pukara, synnyinkuntani Lohiputaan kunnanjohtaja. Akseli, ole hyvä, tule tänne ja kerro yleisöllemme, mitä me olemme oikein suunnitelleet viime päivien aikana.

Avonaisesta oviaukosta kävelee sisään silmälasipäinen mies. Aplodien saattelemana hän astelee seisomaan aivan peukalomiehen viereen. Akseli Virta-Pukara vilkaisee peukaloa kiireettömän hetken verran ja alkaa sitten puhua yleisölle.

– Voittekohan te toimittajat edes kuvitella – en oikein jaksa uskoa, että voitte, mutta yrittäähän aina saa – mikä riemu minut valtasi, kun lauantaisaunan jälkeistä aurinkolimonadipulloa hörppäillessäni puhelimeni soi ja näytöllä näkyi Lohiputaan oman pojan, meidän peukalomestarimme, nimi. Riemuni vain yltyi, kun kuulin, mitä asiaa hänellä oli, ja taisipa se limonadipullokin siinä hötäkässä kellahtaa lampaankarvamatolle. Niistä tahroista kun tuli sanomista jälkikäteen.

Yleisö naurahtelee hyväntahtoisesti.

– Lohipudas on pieni paikkakunta, eikä meitä monikaan tunne. Onhan meillä Itikoiden syötävänä istumisen MM-kilpailut, mutta vähän hiljaista niissäkin on ollut viime vuosina. Nyt asiaan tulee kuitenkin muutos. Voisitteko te, neiti, hakea käytävältä sen mustan kärryn? Kiitos paljon.

Papaijavaahdon väriseen jakkuun pukeutunut nainen poistuu käytävälle ja työntää kohta sisään tarjoilukärryn, jonka päällä on iso hopeakupu. Virta-Pukara nostaa kuvun lattialle, ja sen alta paljastuu liikenneympyrän pienoismalli. Ympyrän keskellä on pronssinen veistos. Se esittää sitä peukalonpalaa, jonka mies on äsken erottanut katkoviivalla.

Yleisö yrittää nousta seisomaan nähdäkseen paremmin, mutta Virta-Pukara elehtii kaikkia istumaan.

– No niin, rauhoittukaahan. No niin, hyvä. Saanko esitellä: Lohiputaan pääliikenneympyrän uusi keskusmonumentti! Kohta tullaan Lohiputaalle läheltä ja kaukaa. Tullaan ihmettelemään, ihastumaan ja ottamaan valokuvia. Mediakin tulee. Ettekö vain tulekin?

Kilvan nyökkäillään. Kyllä tästä tehdään juttu ja varmasti toinenkin.

– No sitähän minäkin. Tästä pienoismallista, jonka on muuten tehnyt meidän kansalaisopistomme käsityöpaja, puuttuvat vielä kohdevalaisimet. Niitä tulee lopullisen monumentin ympärille kaikkiaan kahdeksan. Näin yksikään uurre tai nurkka peukalonpalasta ei jää pimentoon. No nyt siellä on jo kysymys. Ole hyvä.

Auditorion takarivillä istuva nainen nousee pystyyn.

– Kuinka iso lopullisesta monumentista tulee ja aloitetaanko rakennustyöt vasta, kun peukalon omistaja on – hänen omia sanojaan lainaten – siirtynyt seuraavaan ulottuvuuteen?

– Mittakaava tässä on sellainen, että lopullisen monumentin halkaisija on noin kaksi metriä. Rakennustyöt on määrä aloittaa jo tulevana kesänä. Ehkäpä on kuitenkin parempi, että tilaisuuden päätähti kertoo hankkeestamme tarkemmin.

Akseli Virta-Pukara kävelee oviaukon viereen ja jää siihen hymyillen seuraamaan tilaisuuden kulkua. On peukalomiehen vuoro puhua.

– Kiitos, Akseli. Niin tosiaan, tämän liikenneympyrämonumentin rakentaminen aloitetaan jo ensi kesänä, mutta varsinainen palanen siirtyy kunnan hallintaan vasta kuolemani jälkeen. Kunnanjohtaja jo tuossa aamukahveillamme kaavaili sille sopivaa käyttötarkoitusta. Mikäs se olikaan, Akseli? Meripihkanuppi?

Kunnanjohtaja nyökkäilee innokkaasti ovensuusta.

– Niin, ilmeisesti kunnanjohtajan ajatuksena oli, että palanen upotetaan meripihkan sisään ja siitä tehdään nuppi kunnanjohtajan valtikkaan tai kokousnuijaan. No, ehken ota tuohon enempää kantaa, sillä luotan toki lohiputaalaisten arvostelukykyyn.

Nyt harmaaseen popliinitakkiin pukeutunut mies viittaa.

– Niin, ole hyvä.

– Voisikohan peukalosta tulla ottamaan pari valokuvaa?

– No mutta tottahan toki. Ja kaikki halukkaat ovat tervetulleita ottamaan lähikuvia. Pidetäänkin siis seuraavaksi pieni kuvaushetki, jonka jälkeen jatkamme testamentin läpikäymistä.

Pian on miehen edessä jo jono. Etummaisena on lupaa kysynyt kuvaaja, joka kyykkii ja kumartelee peukalon edessä kameransa kanssa. Hän pyörii peukalon ympärillä mutta ei oikein tunnu löytävän sopivaa kuvakulmaa. Viimein kuvaaja rohkaistuu avaamaan suunsa.

– Voisitteko kääntää sitä hieman? Juuri noin, kiitos.

Aikansa kumarreltuaan kuvaaja antaa seuraavalle tietä ja siirtyy seisomaan pöydän nurkalle. Samaan aikaan peukalomies jatkaa puhettaan. Häntä kuvaajien työskentely ei tunnu juuri häiritsevän. Voidaan päätellä, että hänen peukalonsa on tottunut olemaan huomion keskipisteenä.

– Tässä samalla, kun kuvia otetaan, voin hieman avata peukalonjakoprosessia. Tarkoituksena on jakaa peukalo kahteentoista palaan. Näistä kolme on näillä näkymin menossa hyväntekeväisyyshuutokauppoihin.

Pöydän nurkalle siirtynyt kuvaaja ei saa vieläkään silmiään irti miehen peukalosta. Hän ottaa tukea Nelosen mikrofonista ja huohottaa puoliääneen:

– Tuo peukalo... sehän on valtaisa.

Nyt peukalomieskin alkaa vaikuttaa hieman kiusaantuneelta. Hän vilkaisee kuvaajaa, mutta tämä on jo vaipunut täydelliseen hurmostilaan eikä näe muuta kuin tuon valtavan peukalon.

– Ehdotan, että kajautamme peukalolle kolminkertaisen eläköön-huudon!

Auditorion väki kannattaa kuvaajan ehdotusta, ja kaikki nousevat seisomaan. Kuvaaja näyttää käsivarrellaan tahtia, ja koko joukko huutaa kuorossa:

– Elä-köön!

– Elä-köön!

– Elä-köön!

Silmälasipäinen, arviolta 55-vuotias nainen, jolla on jyväskyläläisittäin leikatut hiukset (lyhyt malli, miltei musta yleissävy ja vaaleanpunainen tehosteraita) laskee paperinipun pöydälle. Hän katsoo suoraan silmiin pöydän toisella puolella istuvaa nuorehkoa miestä.

– Keskeytän nyt lukemisen hetkeksi.

– Hyvä on.

– Kerrataanpa hieman, Arto. Olhavankosken kevätseminaarissa tulit juttelemaan kanssani ja ehdotit, että voisit tehdä pikkujoulujuhlaamme pienen ohjelmanumeron. Olemmeko yhtä mieltä tästä asiasta?

– Samalla sivulla ollaan, mies sanoo reippaasti.

– Minä en ihan suoraan sanottuna osannut odottaa aivan näin – miten sen nyt sanoisi – laajamittaista tuotosta. Unohdetaan kuitenkin tämä seikka toistaiseksi. Tiedätkö, Arto, mikä minua ihmetyttää juuri nyt eniten?

– Tuohon on kyllä aivan mahdotonta sanoa mitään, mies vastaa sanojensa väliin hörähdellen.

– Eniten minua ihmetyttää se, että tämä näytelmäkäsikirjoituksesi on käytännössä aivan sama teksti kuin se, jonka esittelit minulle kaksi viikkoa sitten ja jonka minä mielestäni sangen selväsanaisesti tyrmäsin. Olet vain muuttanut tässä yhden sanan toiseksi.

Mies hakee parempaa asentoa.

– Ei se sitten sama teksti ole.

– Arto, me olemme kesämökkikompostoreita valmistava perheyritys. Työntekijöitä on kolmetoista. Millä tavalla tämä sinun näytelmäsi liittyy meihin tai edes jouluun?

– Niin no, sehän kertoo antamisesta.

– Mistä me saamme puupaneloidun auditorion? Tai nämä kaikki näyttelijät?

– Kyllä työlle aina tekijä löytyy. Onhan se nähty.

– Arto, sinä olet hyvä myyjä ja pidetty työntekijä. Tätä näytelmää ei kuitenkaan voi mitenkään esittää pikkujouluissamme. Olen pahoillani, mutta tämä on nyt lopullinen päätös.

– Voin minä keksiä siihen uudenkin sanan. Ei se kovin vaikeaa ole.

– Minun täytyy pyytää, että jättäisit keksimättä.

Kumpikaan ei sano hetkeen sanaakaan. Lopulta mies kerää paperinipun pöydältä, nousee, nyökkää, kävelee ulos toimistohuoneesta ja sulkee sen oven. Käytävällä hän alkaa tutkia papereitaan.

– Josko sittenkin keksisin vielä uuden sanan, hän pohtii toiveikkaasti hymyillen.

SOPIMATTOMIA
PUHEENVUOROJA

Erään uimahallin kahviossa istuu noin 50-vuotias mies ja pyörittää lusikkaa kahvikupissa. Mies näyttää hieman piirroselokuvien korppihahmoilta. Hänellä on pitkänomaiset hampaat, kaareva nenä ja nenän tavoin kaareutuva ryhti. Miehen nimi on Antti von Ahlstén.

Samalla kun von Ahlstén jatkaa kahvin hämmentämistä oikealla kädellään, pitää hän vasenta kättään ikään kuin piilossa pöydän alla. Vasemman käden peukalon ja etusormen välissä hän hypistelee pientä rullalle käärittyä paperinpalaa, jonka ympärille hän on pujottanut kellertävän kuminauhan kuin jonkinlaiseksi sinetiksi. Paperirullaa hypistellessään hänen oikea suupielensä värähtelee toistuvasti kohti hieman hymyä muistuttavaa ilmettä.

Tunnelma silmin nähden sähköistyy, kun von Ahlstén erottaa erään miehen uimahallin muiden asiakkaiden joukosta. Mies on arviolta 45-vuotias. Hän on miellyttävällä tavalla pyöreä, ja kaikki hänen esillä olevan karvansa – kulmakarvoja myöten – ovat ainakin jollakin tasolla luonnonkiharia. Miehen poskilla punertavat ulkoilman painamat, kaurakeksin kokoiset läikät. Miehen nimi on Gerhard

Arhinpohje, ja hän lähestyy von Ahlsténin pöytää korostuneen tiukasti eteenpäin tuijottaen.

Jos ei osaa tarkkailla tilannetta, näyttää kuin mitään erityistä ei tapahtuisi: Arhinpohje kävelee askellustaan hidastamatta von Ahlsténin pöydän ohi ja jatkaa siitä yhtä päättäväisesti kohti pukuhuoneita. Von Ahlstén pyörittää edelleen oikealla kädellään lusikkaa kahvikupissa, ja vieläkin on hänen vasemmassa kädessään paperirulla. Nyt se on ympärillä oleva kuminauha on tosin sininen. Von Ahlsténin suupieli nykii yhä kiivaammin.

On tapahtunut vaihto.

Von Ahlstén juo kahvikuppinsa tyhjäksi kolmella ahnaalla siemauksella, nousee ylös ja kävelee kahvion wc-tilaan. Siellä hän istahtaa alas housujaan laskematta ja avaa paperirullan. Hän tutkii rullaan kirjoitettua tekstiä, päästää erilaisia hyväksyviä äännähdyksiä, kurtistaa otsaansa ja antaa silmämuniensa heilua pohdiskelua osoittavaan tapaan.

Kiivas ajatustyö jatkuu tovin, kunnes joku käy yrittämässä sisään wc:hen. Von Ahlstén nousee ylös, repii paperin pieneksi silpuksi ja vetää sen pöntön veden mukana viemäriin. Hän pesee kätensä, avaa oven, nyökkää kohteliaasti oven takana odottavalle naiselle ja siirtyy pukuhuoneeseen.

Von Ahlstén käy uimassa viisi altaanmittaa. Tämän hän tekee toistuvasti uimahallin kelloa vilkuillen. Kiirehtimättä hän nousee altaasta, käy suihkussa ja menee löylyhuoneeseen, jonka ovenpieleen kiinnitetty kyltti lupailee kuumia löylyjä.

Lauteilla istuu kymmenkunta miestä vaiti hikoillen. Välillä pyyhitään hien ja löylyveden sekaista nestettä kasvoilta pois. Tyylejä on monia. Yksi hoitaa pyyhkimisen käsivarrellaan, toinen ikään kuin nyppii kosteutta pois sormillaan ja kolmas aivan kuin hieroo hikeä takaisin nahan alle. Yhtä kaikki jokainen miehistä siristelee suolaisen nesteen punertamia silmiään.

Von Ahlstén istuutuu ylälauteelle, aivan seinän viereen. Viistosti oikealla hänen vastapäätään nuolee huuliaan Arhinpohje. Tämän vieressä istuva, kauttaaltaan tatuoitu mies heittää kaksi kauhallista löylyä. Kyyristytään veljellisesti samaan aikaan yhä syvemmälle suojaan kuumuutta. Kun löylyhuoneen lämpötilanne on tasaantunut, Arhinpohje voi aloittaa:

– Jonkinlaista keskustelua herättääkseni haluaisin tiedustella erästä asiaa. Onkohan kukaan läsnäolijoista, miten sen nyt sitten sanoisikaan, käynyt niin sanotussa valkaisussa?

Arhinpohjen – näin hän tosiaan toivoo nimensä taivutettavan – puhetapa on hieman tavanomaisesta poikkeava. Hän puhuu kiireettömästi, äänteitä venyttäen ja pitäen vailla minkäänlaista säännönmukaisuutta sekuntien mittaisia taukoja jopa kesken sanankin. Lienee selvää, että hänen kuulijoillaan on syytä olla selkärepuissaan normaalia järeämpi rautaisannos kärsivällisyyttä.

Arhinpohjen kysymystä seuraa ensin hiljaisuus. Lopulta oven vieressä istuva silmälasipäinen mies uskaltautuu puhumaan.

– Millaisesta valkaisusta sinä puhut? Onko kyse siis hampaista?

– En tarkoita tällä nyt hampaita. Miten tämän nyt oikein asettelisi? Aihe on nimittäin hieman –

uskalias. Se on eräänlainen nappi tai ei oikeastaan edes nappi vaan pikemminkin sellainen kuoppa tai jonkinlainen silmä. Jos minä vielä hieman annan lisävihjeitä: löytyy housuista, vetoketjupuolen vastakkaiselta suunnalta. Nyt arvatenkin kaikki ymmärtävät, mistä on kyse.

Saunassa vallitsee syvä hiljaisuus. Varovaisesti vilkuillaan vastapäätä istuvia, mutta kukaan ei halua myöntää ymmärtävänsä, mistä on kyse – paitsi von Ahlstén. On hänen vuoronsa puhua.

– Minä taidan tietää, mistä te puhutte. Minä ja vaimoni kävimme tämänkaltaisessa operaatiossa, mitäs siitä nyt sitten on, muutama syksy aikaa, ja voin sanoa, että kokemus oli – pieni sanaleikki sallittakoon – valaiseva.

Jos Arhinpohjen sanoja voi joutua odottamaan, on von Ahsténin puhetapa sotilaallisesti rytmittynyt ja puhe tulee ulos säksättävinä purkauksina – kuin aseen piipusta. Tuntuu kuin hän puhuisi jatkuvasti jollain tavalla hengästyneenä.

Arhinpohje innostuu, nojaa eteenpäin ja kysyy:

– Saanenko udella, miten operaatio käytännössä tapahtui?

Von Ahlstén suoristautuu taaksepäin suuntautuvaan istuma-asentoon, rykäisee nyrkkiinsä ja ottaa kasvoilleen pohtivan ilmeen, jossa katse on suuntautunut vasemmalle yläviistoon. Hän lipaisee alahuultaan ja aloittaa:

– Operaation kulku on pääpiirteittäin seuraavanlainen: Ensin nämä mainitsemasi napit tai pikemminkin koko niitä ympäröivä alue asetetaan nahkapehmusteiseen terästelineeseen. Tämän jälkeen nappiin sivellään – hieman napin koosta riippuen

– joko isommalla tai vähän pienemmällä pensselillä niin sanottua suojaemulgeenia.

Yhtäkkiä Arhinpohje heiluttaa etusormeaan kuin viittaava koulupoika. Von Ahlstén kysyy:

– Niin?

– Anteeksi kun keskeytän jo mukavalla tavalla vauhtiin lähteneen selonteon, mutta mielikuvan elävöittämiseksi olisi hyvin hupaisaa kuulla näiden nahkapehmikkeiden väri.

Von Ahlstén hymyilee hyväntahtoisesti ja vastaa:

– Niin, tottahan toki väri pitää tietää. Nehän taittuivat lähinnä kohti toffeeta.

Arhinpohje kiittää, ja von Ahlstén jatkaa:

– Sivelyn jälkeen nappi jätetään tekeytymään muutamaksi minuutiksi. Tässä vaiheessa on mukava keskustella vierustoverin – joka minun tapauksessani oli oma vaimoni – kanssa prosessista ja sen herättämistä tuntemuksista. Kun suojaemulgeeni on vaikuttanut riittävän kauan, nappiin aletaan kohdistaa matalataajuuksista laservaloa.

Arhinpohje nostaa oikean kätensä pystyyn ja pyytää puheenvuoroa, jonka von Ahlstén myöntää:

– Te siellä, olkaa hyvä.

– Anteeksi, kun keskeytän jälleen kerran, mutta sanoitteko tosiaan laservaloa?

– Kyllä. Puhumme todellakin laservalosta. Nyt ei kuitenkaan ole syytä pelästyä! Operaatio on täysin turvallinen sekä lääke- että lakitieteen pykälien valossa.

– Tämähän on helpottava tieto. Saanen kiittää teitä jo tässä vaiheessa. Mutta jatkakaa toki, hyvä mies! Mitä sitten tapahtui?

Von Ahlstén katselee ympärilleen kuin olisi kertomassa ainutkertaisen salaisia asioita ja jatkaa:

– En voi tietenkään kutsua itseäni operaation asiantuntijaksi, mutta kokemani perusteella sain sellaisen käsityksen, että olimme tässä kohdassa saavuttaneet prosessin päävaiheen. Ihmiskorvin kuultava hurina täytti operaatiotilan, kun teknikko hienovaraisia sormiliikkeitä suorittaen käänteli valkaisulaitteen kyljen soikiomaista nappulaa.

– Miltä tämä teknikko muuten näytti? Arhinpohje kysyy.

– Ollakseni täysin rehellinen hän muistutti hieman goblinia, von Ahlstén huokaa.

– Mitkä ovat mielestänne ne avainpiirteet, jotka tekevät ihmisestä goblinin näköisen, pyytää Arhinpohje tarkennusta.

– Niin, no vihreä iho nyt ainakin, ja kaikenlaista suippomaisuutta nenän ja korvien tienoilla, von Ahlstén toteaa mietteliäästi.

– Montako vihreäihoista ihmistä olette tavannut elämänne aikana? Arhinpohje kysyy.

– Viidestä kuuteen, arvioisin. Korkeintaan kymmenen mutta ainakin neljä, von Ahlstén laskeskelee sormiaan apuna käyttäen.

– Olettekin nähtävästi maailmaa nähnyt mies, Arhinpohje tunnustaa. – Millaisia tuntemuksia sinä ja vaimosi koitte laserkäsittelyn aikana?

Von Ahlstén puristelee sormillaan hetken ylähuultaan ja vastaa sitten:

– Kysymyksesi on erinomainen mutta myös erinomaisen vaikea vastattavaksi. Tämä tunne oli nimittäin jotain, mitä minä ja vaimoni emme olleet koskaan kohdanneet. Jos tälle tuntemukselle haluaa hakea vertailukohtaa, nousevat esiin sanat kutitus ja ehkä jonkinlainen allerginen reaktio. Allergikot varmasti tietävät, mistä puhun. Se oli sellainen lämmin henkäys, eräänlainen puhallus. Tämä nyt kuulostaa luultavasti hieman sekavalta, mutta tuntemus oli kaikilla mittapuilla määriteltynä kerrassaan epämääräinen.

Arhinpohje ristii kätensä pohdiskelevaan puuskaan ja kysyy runsasta uteliaisuutta äänessään:

– Voisitteko luonnehtia sitä epämiellyttäväksi?

– Hmm, en sanoisi, että tunne oli epämiellyttävä, von Ahlstén vastaa. – Kuitenkin mielenkiintoisena sivuhuomautuksena voin kertoa, että suuhuni tuli operaation aikana erikoinen, hammaslääkärin instrumenttia muistuttava maku.

– Ei siis missään nimessä maailman vastenmielisin makuaistimus? Arhinpohje varmentaa.

– Ei toki! Lähdekirjallisuuden mukaan se kunnia kuuluu makedonialaiselle sappirössylle, von Ahlstén rauhoittelee.

– Viittaatteko tässä Aleksanteri Suuren koillisen siirtoarmeijan komentaja Rurik Suurenmoisen, lempinimeltään Hamsterikenraali, laattatektonista kimberliittipiipputeoriaa luonnosteleviin marginaalimerkintöihin? Arhinpohje kysyy.

– Viittaan.

– Ja arvatenkin Nassaun valtionyliopiston apulaisylijohtaja Matthew Sugarstarin ja orvoksi jääneen kotilonmyyjä Tamasha A. Smithin kirjeenvaihtoon, joka käsittelee huurretursaiden sukupuuton ja englantilaisen hikoilutaudin mahdollista yhteyttä?

– Siihenkin minä viittaan.

– Lähteenänne lienee ollut myös valokuva höyrylaiva Esmeraldan kansilankuista, joihin naismatruusi Elisabeth Ainsworth kaiversi maitovalaan poskihampaalla kuuluisat lauseensa syystalvella 1910, yönä jona arktiset myrskyt olivat upottaa koko aluksen.

– Sekin on ollut lähteeni, von Ahlstén tunnustaa.

Arhinpohje hymyilee tyytyväisenä.

– Täten saunaraati voi todeta, että lausahduksenne teoriatausta makaa vankalla perustuksella. Tämän todettuaan hän ottaa löylykauhan kiulusta ja kopauttaa sillä kolmesti lauteiden kaideosaa.

Muutaman kymmenen sekuntia saunassa on hiljaista, mutta sitten on Arhinpohjella taas kysyttävää.

– Oliko operaatiossa läsnä myös muita ihmisiä?

– Kyllä, von Ahlstén ikään kuin säpsähtää mietteistään. – Samaan aikaan valkaisu suoritettiin myös hyvinkääläiselle pariskunnalle – mikäs heidän nimensä olikaan – ehkä Ala-Neuvonen tai jotain sen suuntaista. Heistä on itse asiassa tullut hyviä perhetuttujamme tämän kokemuksen myötä.

Arhinpohje nyökkää hyväksyvästi ja kysyy:

– Miten operaatio saatetaan loppuun?

Pienin sormiliikkein tarinaansa havainnollistaen von Ahlstén selostaa:

– Lopuksi napin päälle asetetaan pala paperia suojaksi, kas näin. Se saa olla siinä tunnin tai jopa kaksi. Vastuu paperin kiinnittämisestä jää muuten operaation kohteelle itselleen.

– Oliko se kuin kirjepaperia vai pikemminkin voipaperimaista? Arhinpohje tiedustelee.

Nyt von Ahlstén hymyilee ovelasti.

– Unohdatte innostuksissanne harsopaperin, nuorimies. Se oli ihan tavallista harsopaperia.

Arhinpohje on hetken hiljaa ja ikään kuin makustelee seuraavaa kysymystään jo valmiiksi. Sitten hän rohkaistuu.

– Pahastutteko te, jos utelen teiltä vielä erästä asiaa?

– En tietääkseni ole maksanut Suomen pahastujien keskusyhdistyksen, SPKY:n, iäisyysjäsenmaksua, von Ahlstén vakuuttaa.

Arhinpohje huokaisee helpottuneena ja kysyy:

– Miten operaatio on vaikuttanut jokapäiväiseen yleiselämäänne?

– Tällä ei ole ollut oikeastaan vaikutusta elämääni, sillä perin harvoin päädyn tarkastelemaan nappiani, von Ahlstén sanoo ja nyökkää lisätäkseen sanomansa painoarvoa.

Nyt Arhinpohje hörähtelee jo tyytyväisyyttään ja rupeaa tekemään lähtöä.

– Oli onni kohdata teidät ja saada ensikäden tietoa operaatiosta. Ilolla tervehdin sitä tosiasiaa, että kaltaisianne kädellisiä yhä vaeltaa magnetosfäärimme alla.

– Emmehän unohda mainita troposfääriä? von Ahlstén kysyy.

– Emme unohda, emmekä stratosfääriä, Arhinpohje vastaa hyväntuulisesti.

– Muista sfääreistä puhumattakaan, von Ahlstén
täydentää.

– Tasaisesti jaamme kunniaa kaikille sfääreille!
Sellaisia miehiä me olemme, kuin samasta puusta
veistettyjä, Arhinpohje julistaa.

– Veriplasmoissamme lienee tosiaan huomatta-
via yhteneväisyyksiä, von Ahlstén myöntää.

– Mutta nyt menen hieman kastautumaan. Kiitos
tosiaan vielä kerran teille, Arhinpohje sanoo ja nou-
see seisomaan.

Von Ahlstén nyökkää iloisesti ja hyvästelee Ar-
hinpohjen:

– Ilo oli täysin minun puolellani. Erinomaisen
mukavaa kastautumista.

Arhinpohje laskeutuu alas lauteilta, menee suih-
kuun mutta suuntaakin uima-altaan sijaan toiseen
saunahuoneeseen, jossa on kyltin mukaan tarjolla
mietoja löylyelämyksiä. Muutaman minuutin ku-
luttua myös von Ahlstén nousee lauteille. Jälleen
kerran odotetaan hetki, ja sitten Arhinpohje aloit-
taa:

– Kuten varmasti olemme kaikki huomanneet,
kevätauringon ensi säteet ovat saapuneet maa-
hamme. Aamuisin ne luikertelevat makuuhuonei-
siimme, toiset herättäen lempeästi, toisia ehkä hie-
man häiritenkin. Kevät on kesän saattaja, sanotaan,
ja kun kesää mietin, on makkara yksi ensimmäi-
sistä elementeistä, joka nousee mieleeni. Kuinka
mukavaa onkaan nostaa iloisesti sihisevä ja jännit-
tävästi halkeillut, punaisenpuhuva makkara – tai
ehkä iso nakkikin – hiiligrillin lämmöstä lautaselle
ja runsaan sinappimäärän kera nauttia se jo hieman
hämärtyvässä kesäillassa.

Muut miehet hymähtelevät hyväksyvästi. Kiukaalle heitetään löylyä, ja sihinän kaikottua von Ahlstén jatkaa keskustelua:

– Kun otitte puheeksi tämän sinapin. Niitähän on erilaisia?

Arhinpohje vastaa:

– Niin, osa on melko jauhomaisia ja osa muistuttaa pikemminkin tahnaa.

– Mikä on muuten teidän oma suosikkinne? von Ahlstén kysyy.

– Kyllä jauhomaisuusasteen täytyy olla hallittavissa, Arhinpohje toteaa asiaa kotvasen tuumailtuaan.

Von Ahlstén nyökkää.

– Aika hyvin määritelty. Tokihan merkitystä on myös sillä, miten sinappi asetellaan makkaraan.

– Olette oikeassa. Näin nopeasti tulee mieleen ainakin kaksi tapaa, Arhinpohje sanoo innostuneesti.

– Kertokaa ne ihmeessä, von Ahlstén pyytää.

– A) Sinappi levitetään pitkänomaiseksi nauhaksi lähes koko makkaran pituudelle, yleensä niin sanotulle sisäkaarelle.

Von Ahlstén hieroo hetken hikistä naamaansa ikään kuin pohtien ja vastaa sitten:

– Aivan oikein. Olen nähnyt monien tekevän noin. Sisäkaari osoittaa kohti taivasta, ja makkara ikään kuin makaa selällään vasemman kämmenen hellässä puristuksessa. Entäpä se toinen tapa?

– B) Sinappia lisätään makkaran kärkiosaan ja sinappituubista suoritetaan niin kutsuttuja täydennyspuristuksia puraisujen välissä.

– Mmm, olen nähnyt myös tätä tapaa käytettävän, mutta mieleeni tuli myös kolmas tapa, von

Ahlstén sanoo, ja hänen puheessaan voidaan kuulla mielihyvästä kieliviä maiskahdusäännähdyksiä.

Arhinpohje pomppaa puoliseisovaan asentoon.

– Olen pelkkänä korvana. Uskokaa se, hyvä mies!

Von Ahlstén alkaa selostaa samalla elävöittäen sanomaansa käsiliikkein:

– Tässä tavassa sinappi asetetaan erilliseen astiaan, joka jostain syystä on usein valkoinen kahvilautanen. Tämän jälkeen makkaraa töpötetään sinappiin tasaisin väliajoin kärkiosa edellä.

Nyt on Arhinpohjen vuoro iskeä väliin. Unenomaisesti höristen hän supattaa:

– Saanen tunnelmoida sen verran, että makkara on yleensä kääritty valkoiseen talouspaperipalaseen.

– Talouspaperista muuten käytetään toisinaan nimitystä keittiöpaperi, von Ahlstén lisää.

Arhinpohje on hetken hiljaa ja jatkaa sitten:

– Olen kuullut tämän sanan mutta en ole omaksunut sitä aktiiviseen sanavarastooni.

– Mutta takaisin makkaraan. Mikä näistä makkarankostutustavoista on nähdäksenne paras? von Ahlstén kysyy.

– Uskaltanen väittää, että käyttökelpoisin on joko töpötys- tai täydennyskeino, Arhinpohje vastaa.

– No enpä lähde tuohon vastaan väittämään, mutta huomasin, että käytitte uskaltaa-verbistä niin kutsuttua potentiaalimuotoa, uskaltanen. Ettekö ole varma asiastanne? von Ahlstén tivaa tiukasti mutta ystävällisesti.

– Mikäänhän ei ole varmaa paitsi muutos, ja kun kerran suomen kieli mahdollistaa tällaisen muodon käyttämisen, niin miksenpä leikittelisi sillä, Arhinpohje toteaa.

– Kylläpä on leikkisä tämä suomen kieli, von Ahlstén myhäilee.

– Jopa yllättävän leikkisä siihen nähden, kuinka vakava kansakunta muuten on, Arhinpohje huomauttaa ja vilkuilee vierustovereitaan, joiden ilmeistä on mahdotonta päätellä heidän mielipidettään keskustelun ytimessä olevasta asiasta.

– Niin, mutta kun kielellä kaikki päivät leikkii, voi muuten keskittyä olennaiseen, von Ahlstén sanoo tietäväisen oloisesti.

– Asiallinen huomio, Arhinpohje myöntää.

Kolme kauhallista vettä heitetään kiukaalle. Hetken ajan saunan äänimaisemaa hallitsee von Ahlsténin ja Arhinpohjen keskustelun sijaan rauhoittava kiukaan suhina. Pian se jää kuitenkin taka-alalle, kun von Ahlstén rupeaa käynnistelemään keskustelua uudelleen:

– Näin ohimennen kysyttynä, mitä mieltä olette muiden maustekastikkeiden käyttämisestä makkaransyöntiprosessissa?

Arhinpohje loihtii ruumiiseensa kokonaisvaltaisen pohtivan asennon.

– No, ensimmäisenä tulee mieleen tietenkin ketsuppi. Pidän sitä suoraan sanottuna jotenkin lapsellisena. Kuvitellaan tilanne, jossa vaimoni on kutsunut ystävättärensä ja tämän miehen kesämökillemme viettämään viikonloppua.

– Kuulostaa uskottavalta ja jopa aika tyypilliseltä kesätilanteelta, von Ahlstén myöntelee ja hieroo hikeä silmiltään.

Arhinpohje jatkaa:

– Tämä mies, kuvitellaan vaikka, että hän on noin 187 senttimetriä pitkä, silmälasipäinen. Silmälasit ovat muuten tässä kuvitelmassa sangen ohutsankaiset. Hänen hiuksensa ovat harvahkot, jakaus on oikealla sivulla. Hänellä on voimakkaat, amerikkalaistyyppiset leukaperät. Mies on pukeutunut ruudulliseen, lyhythihaiseen kauluspaitaan. Hänellä on ruskea, ohuehko nahkavyö ja säilykepurkkipellin väriset housut.

Von Ahlstén nostaa kätensä pystyyn ikään kuin viitatakseen.

– Tämä mieshän kuulostaa jotenkin tutulta. Tunnenkohan minä hänet? Pelaako hän mahdollisesti lentopalloa alasarjatasolla?

Arhinpohje pyörittää pulleaa päätään.

– Tätä en ole vielä kuvitellut, mutta jaloissaan hänellä on laivastonsiniset sukat ja harmaat lipokkaat. Olemme viettäneet hauskan illan. On kerrottu miellyttäviä anekdootteja elämästä, syöty kevyet alkupalat, juotu muutama viinilasillinen, ehkä saunottukin, käyty uimassa, se on varma. En aivan vielä kykene päättämään tässä kuvitelmassani, onko saunominen tapahtunut pariskunnittain vai sukupuolittain. No, väliäkö tuolla. Illan hämärtyessä on lopulta päädytty nuotiopaikalle, johon olen – en pelkästään tässä kuvitelmassani vaan myös todellisuudessa – virittänyt betonisen kaivonrenkaan päälle rautaritilän, jolla makkarat nyt sihisevät.

Olen tietenkin tiedustellut etukäteen, montako makkaraa kukin haluaa syödä.

– Olettekin nähtävästi jonkin asteen herrasmies, von Ahlstén kehuu vilpittömän oloisesti.

– Pidän itseäni kolmannen asteen herrasmiehenä, Arhinpohje määrittelee itsevarmasti.

– Se on hyvä asteluku. Ei liikaa, ei liian vähän. Millainen makkaroiden jakauma on? von Ahlstén kysyy.

Arhinpohje on hetken aikaa hiljaa ja tekee samalla laskutoimituksia sormillaan. Sitten hän sanoo:

– Jakautuma on seuraavanlainen: vaimoni kaksi makkaraa, vaimoni ystävätär kolme, minä neljä makkaraa ja tämä mies kaksi. Yhteensä makkaroita on tarkoitus siis syödä yksitoista. Koska makkarat myydään yleensä ja myös tässä tapauksessa neljän makkaran paketeissa, jää yksi makkara yli.

– Mitä olette ajattelut tehdä sille? von Ahlstén tiedustelee.

– Olen asettanut myös tämän ylimääräisen makkaran ritilän päälle mutta hieman erilleen muista makkaroista, jottei kenellekään tulisi epämiellyttävää painetta sen syömisestä.

– Jääkö makkara siis syömättä? von Ahlstén kysyy huolestuneen oloisena.

– Ei toki, Arhinpohje rauhoittelee. – Aion nimittäin yöllä käydä saunassa pienillä jälkilöylyillä ihan itsekseni ja nauttia makkaran samalla eräänlaisena yöpalana. Eihän makkara kai pahaksi mene, vaikka se tovin ulkona lepääkin?

– Voi kuinka ihana mielikuva! von Ahlstén huudahtaa riemukkaasti. – Eikä makkara pane pahakseen vaikka hetken joutuukin odottamaan syömistään. Mitäpäs luulette, näettekö samalla reissulla jonkin jännittävän linnun? Vaikka taivaanvuohen?

Arhinpohje hymähtää von Ahlsténin suureelliselle reaktiolle:

– Kyllä se on mahdollista. Mutta palataan nuotiopaikalle, jossa makkarat alkavat olla jo valmiita. Nostelen ne isolle tarjoilulautaselle. "No siitäpä nyt sitten", sanon, ja vaimoni jakaa kaikille palan talouspaperia, johon makkara kääräistään. Otan sinappituubin esiin ja tarjoan sitä vieraille. Mies kohottaa vasemman kämmenensä kieltäytymisen merkiksi ja kysyy, löytyykö talosta ketsuppia. Tunnelma latistuu täysin. Vaimoni ystävätär hautaa kasvonsa kämmeniin hetkeksi, ja arvaan, että tämä nolostuttava kohtaus on näytelty ennenkin.

Von Ahlstén vaihtaa vaivaantuneena asentoa.

– Oivoi, vähemmästäkin ovat suursodat saaneet alkunsa. Miten tästä edetään?

Arhinpohje läpsäyttää kämmenensä reisille ja alkaa selittää pientä alakuloisuutta äänessään:

– Vaimoni yrittää edes jollain tasolla pelastaa näiden ihmisten kasvot ja lähtee etsimään ketsuppia sisätiloista. Nuotiopaikalla vallitsee vahva kiusaantuneisuuden ilmapiiri, eikä mies näytä tajuavan sitä. Vaimoni ystävätär sen sijaan luo suuntaani anteeksipyytäviä katseita. Itse yritän tunnelmaa keventääkseni viritellä keskustelua kalastusluvista tai jostain muusta yhtä tyhjänpäiväisestä aiheesta. Lähes ikuisuudelta tuntuvan hetken kuluttua vaimoni palaa mökistä mukanaan suorastaan koomisen kokoinen ketsuppipurkki. Se on mitä

72

ilmeisimmin jonkinlainen säästöpakkaus, liekö lapsenlapsille ostettu edelliskesänä. Ketsuppi ojennetaan miehelle, joka rupeaa hölskyttämään sitä kaksin käsin kuin laivan kapteeni samppanjapulloa. Hän puristaa lautaselle ketsuppivuoren, johon makkaransa kastaa. Ilta on pilalla. Olkoon tämä pieni tarina osoituksena siitä, mitä minä ajattelen muiden maustekastikkeiden kuin sinapin käyttämisestä makkaransyöntiprosessin yhteydessä.

Saunaan laskeutuu hiljaisuus. Edes von Ahlstén ei keksi mitään sanottavaa, joten Arhinpohje jatkaa painokkaasti:

– Älköön kukaan tässä saunassa kuitenkaan kuvitelko, että minulla olisi jotakin ketsuppia itseään vastaan. Päinvastoin, minähän palvon, minä suorastaan jumaloin tuota kerrassaan upeaa sörsseliä.

Von Ahlstén rupeaa hihittämään:

– Hehheh, sörsseli. Hauska sana.

Arhinpohje jatkaa liki värisevällä äänellä:

– Mikä onkaan parempaa kuin makaronilaatikko, johon on oikein antaumuksella puristettu tuota punaista kultaa. Makaroniruoat, ne oikein vaatimalla vaativat tulla kostutetuiksi ketsupilla.

– Kyllä ketsupillakin on paikkansa, von Ahlstén myötäilee.

– Jos ketsuppi olisi ihminen, hän olisi ministerisalkun arvoinen, Arhinpohje julistaa.

– Mikä ministeri ketsuppi teidän mielestänne olisi? von Ahlstén kysyy.

– Hmm, mietitäänpäs, Arhinpohje, aloittaa. – Sanoisinko, että ei kenties valtionvarainministeri. Pääministeri? No, ehkei sentään. Tiede- ja kulttuuriministeri, siinäpä olisi ketsupille kutakuinkin täydellinen tehtävä.

– Anteeksi, en voinut olla panematta merkille, että käytitte ilmaisua kutakuinkin, von Ahlstén keskeyttää.

– Mmm, niin taisin tosiaan käyttää, Arhinpohje myöntää.

– Oletteko jotenkin mieltynyt tällaisiin harvinaislaatuisiin ilmauksiin? von Ahlstén tiedustelee hieman ivalliseen sävyyn.

Arhinpohje nostaa kämmenensä puolustelevaan asentoon.

– En ainakaan tiedosta tuollaista piirrettä itsessäni. Tämä ilmaus vain sattui jotenkin suuhuni, ja onhan toki hauskempaa sanoa kutakuinkin kuin käyttää sanaa suunnilleen.

Von Ahlstén innostuu.

– Ja löytyyhän muitakin vaihtoehtoja! Esimerkiksi osapuilleen.

– Tai suurin piirtein, Arhinpohje sanoo nopeasti.

– Tai öpaut, von Ahlstén nokittaa.

Närkästynyt ilme nousee Arhinpohjen kasvoille.

– Äh, ei mitään anglismeja! Mutta mitenkäs jokseenkin?

Von Ahlstén nousee seisomaan ja nostaa oikean käden etusormensa pystyyn.

– Hetkinen, nyt täytyy pysähtyä! Tarkoittaakos jokseenkin kuitenkaan ihan samaa kuin kutakuinkin?

Arhinpohje mutristelee hetken huuliaan mietteliään oloisesti ja myöntää sitten:

– Ah, lienette oikeassa. Voidaan sanoa, että uunivuoassa oli kutakuinkin kaksikymmentä silakkapihviä, mutta samassa paikassa ei voida käyttää jokseenkin-sanaa.

– Jokseenkin kaksikymmentä silakkapihviä. Aivan totta, ei se hyvältä kuulosta, von Ahlstén toteaa tyytyväisenä.

Hyväntuulinen Arhinpohje jatkaa:

– Ja sama toimii myös toisinpäin. Rikosylikomisario voi todeta, että merimiehen tapa polttaa Marlboro-savukkeita oli jokseenkin epäilyksiä herättävä, mutta koetapas asettaa virkkeeseen ystävämme kutakuinkin.

– Rikosylikomisario sanoi –, von Ahlstén aloittaa.

– Ei vaan totesi! Arhinpohje keskeyttää.

Von Ahlstén rykäisee, kerää hetken ajatuksiaan ja sanoo:

– Rikosylikomisario totesi, että merimiehen tapa polttaa Marlboro-savukkeita oli kutakuinkin epäilyksiä herättävä. Ei se vain toimi.

– Ei toimi, kyllä kieli on hauska asia! Arhinpohje hihittää. – Mutta tästä aiemmasta esimerkkivirkkeestä tulikin mieleeni vuoka-sana ja sen ihmetystä herättävä genetiivimuoto.

Tässä vaiheessa rytmikkäästi etenevän dialogin keskeyttää ääni nurkasta:

– Mitä helvettiä te kaksi oikein taas jauhatte?

Von Ahlstén ja Arhinpohje vilkaisevat toisiaan nopeasti kuin kiinnijääneet rikostoverit. Sitten von Ahlstén sanoo puoliksi moittivaan sävyyn:

– Hyvä herra, toivoisin, että te ette suhtautuisi noin jyrkästi, kun yritämme tämän toisen herran kanssa keskustella.

Nurkassa istuva mies ei kuitenkaan peräänny vaan väittää kivenkovaan, että juuri pari viikkoa sitten nämä kaksi samaista miestä "keskustelivat" tässä samassa saunassa keittobanaanin merkityksestä ihmisen hyvinvoinnin rakentumisessa. Mies piirtää lainausmerkit ilmaan sanan keskustella ympärille. Arhinpohje ja von Ahlstén yrittävät vakuuttaa muita saunojia äsken lausutun paikkansapitämättömyydestä. He pyörittelevät silmiään, pärisyttävät huuliaan ja päästävät suistaan lyhyitä hönkäyksiä.

– Minäkin olen tavannut nämä kaverit aiemmin, saunaan juuri astunut, käheä-ääninen mies sanoo. Ilmeisesti hän on kuunnellut keskustelua lasioven läpi. – Itsenäisyyspäivän tienoilla tämä lihavampi mies pohti isoon ääneen, voidaanko jähmettyneestä makaronilaatikosta sanoa, että se on käymisteitse valmistettu, vai onko sittenkin tapahtunut jonkinlaista hapatusta. Ja sen jälkeen tämä vanhempi kaveri toisteli useaan kertaan, että kaiken maailman hapatusta, kaiken maailman hapatusta.

Von Ahlstén ja Arhinpohje ihmettelevät, mistä nämä syytökset ovat oikein peräisin. Eiväthän he edes tunne toisiaan. Mutta pian on jo kolmas mies äänessä, ja hänenkin muistilokeroonsa on tarttunut sangen elävä mielikuva näistä kahdesta miehestä, jotka nyt istuvat syytettyjen penkillä.

– Joulupyhinä kävimme isäni kanssa uimassa ja tulimme saunaan juuri, kun täällä keskusteltiin siitä, mitä kaikkea onkaan mahtanut kattaa Saddam Husseinin palatsin henkilökunnan työterveyshuoltosopimus. Se oli sen verran erikoista, että mainitsin asiasta kotona puolisolleni, mutta tehän te täällä puhuitte, eikös vain? Mikäs tämä teidän leikkinne oikein on?

Arhinpohje nousee seisomaan ja antaa katseensa kiertää saunassa istuvissa miehissä.

– Kenties minun on aika lähteä. En arvannut, että saunassa on meneillään jonkinlainen retriitti.

Arhinpohje kapuaa lauteilta alas ja tympääntynyt ilme kasvoillaan poistuu löylyhuoneesta. Von Ahlstén odottaa hetkisen lähinnä varpaitaan tuijottaen ja sanoo sitten:

– Voin vakuuttaa, että näiden miesten esittämät epäilykset ja syytökset ovat aiheettomia, mutta ehkäpä minäkin vetäydyn suihkuhuoneen puolelle. Kaikesta huolimatta antoisaa päivänjatkoa itse kullekin.

Von Ahlstén nousee, käy suihkussa ja menee pukuhuoneeseen. Hän on juuri solmimassa kengännauhojaan, kun Arhinpohje kävelee hänen ohitseen. Jälleen näyttää siltä kuin mitään erityistä ei olisi tapahtunut. Kuitenkin kun von Ahlstén suoristautuu istumaan, on hänen oikean reitensä viereen ilmestynyt vaaleankeltainen kirjekuori.

Von Ahlstén vilkaisee ympärilleen ja repii kirjekuoren auki. Sen sisällä on junalippu ja maksutosite työväenopiston raakasuklaakurssista. Molemmissa on sama päivämäärä, tulevan viikon lauantai.

Von Ahlstén työntää junalipun ja maksutositteen takaisin kirjekuoreen ja kirjekuoren povitaskuunsa. Hän nousee ylös, vilkaisee itseään pikaisesti peilistä ja astelee kahvion kautta ulos.

Parkkipaikalla von Ahlsténin oikea suupieli kohoilee taas ylös tapailemaan hymyn kaltaista ilmettä. Mieli taitaa jo laatia tulevia puheenvuoroja.

TYKKÄYSINDEKSI 73,7

Erään kerrostaloasunnon keittiössä on meneillään sangen omalaatuinen näytelmä. Ruokapöydällä, appelsiinivaasin ja aikakauslehtipinon välissä, makaa selällään nuori poika, summittaisesti arvioiden noin kuusi- tai seitsemänvuotias. Pojan kasvojen päälle on aseteltu päänmuotoja karkeasti seuraileva, ovaalinmuotoinen voitaikinalevy, jossa on nenän ja suun paljastava hengitysaukko. Poika on kauttaaltaan vehnäjauhon peitossa.

Selkä poikaan päin kääntyneenä, tiskialtaan luona seisoo nainen kananmunakenno kädessään. Samalla kun nainen rikkoo kaksi kananmunaa juomalasiin, hän tiedustelee pojalta tämän vointia.

– Ihan ookoo, poika vastaa.

– Hyvä. Kohta voi tuntua vähän kummalta silmissä, nainen sanoo, kääntyy poikaan päin ja nostaa lusikalla toisen keltuaisen lasista. Hän painaa peukalollaan voitaikinaan matalan kuopan pojan vasemman silmän kohdalle ja asettaa sen jälkeen varovasti keltuaisen kuoppaan. Samanlainen operaatio tehdään myös oikealle silmälle.

– Nyt saisit irvistää, mutta koeta olla liikkumatta, nainen ohjeistaa. Poika tottelee ja loihtii kasvoilleen ikäkaudelleen tyypillisen, estottoman ilkikurisen ilmeen. Näky on mielikuvitusta ruokkiva:

Voitaikina peittää pojan kasvojen yläosan kuin jonkin seikkailuelokuvan noitatohtorin naamio, keltuaissilmät tuijottavat kattoa ilmeettöminä kiillellen, suu on vääntynyt hampaat ja ikenet paljastavaan irvistykseen ja nenä on siinä määrin rypyillä kuin tuon ikäiselle on ylipäätään mahdollista. Jauhopöly täplittää pojan yleisolemuksen utuisen harmaaksi ja jollain tavalla poissaolevaksi.

Nopealla liikkeellä nappaa nainen tiskipöydältä puhelimensa ja ottaa pojasta puolenkymmentä kuvaa. Kun näkymä on ikuistettu, asetelma voidaan purkaa. Voitaikina ja keltuaiset heitetään biojäteastiaan. Jauhot imuroidaan pois sekä pöydältä että pojan vaatteista. Nainen tarkastelee poikaa ja toteaa, että tämä on riittävän siisti palautettavaksi äidilleen.

– Muistatko, Timo, mitä sovittiin? nainen kysyy pojalta.

– Ai että äitille ei saa kertoa?

– Niin. Ei sanaakaan äidille tästä taikinaleikistä, ei yhtä ainutta. Sillä ehdolla voidaan katsoa Rollokarhua.

Sen enempää neuvottelematta nainen ja poika pääsevät yhteisymmärrykseen asiasta. He siirtyvät olohuoneeseen katsomaan piirroselokuvaa, jonka sangen yksitotiseen juonenkulkuun nainen ei kuitenkaan pysty oikein kunnolla keskittymään. Hänen tajuntansa on nimittäin aivan liian täynnä ottaakseen vastaan minkäänlaista uutta informaatiota.

Jos halutaan tietää, millainen aine on täyttänyt naisen mielen, täytyy toimia seuraavalla tavalla: Avataan luukku naisen vasempaan ohimoon ja

työnnetään luukusta sisään läpikuultava muovi-
letku. Muutama rivakka pumppausliike, joilla hou-
kutellaan letkuun unohtunut ilma ulos. Pari pump-
pausta lisää, ja jo valuu naisen monenkirjava tajun-
nanliemi lasiseen näytepulloon. Suljetaan luukku
ja kuljetetaan pullo pienellä kärryllä päälaboratori-
oon. Siellä näytettä lingotaan, täristetään ja ahde-
taan liuskoihin. Odotetaan. Tulkitaan tietokoneen
tulostamia papereita, tarkistetaan pari seikkaa kä-
sikirjasta ja soitetaan varmistuspuhelu ystävyys-
kaupungin sisarlaboratorioon. Lopulta voidaan
suurella varmuudella ja vailla epäilyksiä kirjoittaa
kellertyneeseen nimilappuun teksti *Tykkäysindeksi-
lukema 73,7.*

Ilman mitään erityistä pahansuopaisuutta tai il-
keitä taka-ajatuksia on lupa todeta, että Saara Kan-
sanniva – se on muuten naisen nimi – on saanut
syntymälahjakseen aimo annoksen luontaista huo-
mionkipeyttä. Kovin paljon Saaraa tosiaan kiinnos-
taa, mitä muut hänestä ajattelevat, ja hyvin auliisti
hän on jakanut ajatuksiaan, mielipiteitään ja muita
tuotoksiaan kanssaihmistensä tarkasteltaviksi. Aja-
tusten ensialustana on toiminut koulun välitun-
tialue, sen jälkeen oppilaskunta, jota on seurannut
luonnollinen siirtymä yleisönosastoille. Seuraa-
vaksi Saaran näppäimistö on innokkaasti rätisten
tuottanut sisältöä internetin keskustelupalstoille. Ja
sitten, hieman yli kymmenen vuotta tästä hetkestä
taaksepäin, on Saara Kansanniva kuullut halpata-
varamyymälän kassajonossa merkillisen sanapa-
rin. Kotona on täytynyt tarkistaa, mitä kyseinen yh-
distelmä sanoja tarkoittaa. Mikä ihme on sosiaali-
nen media?

Aluksi Saara suhtautuu sosiaaliseen mediaan epäillen. Hänelle se näyttäytyy eräänlaisena vihollisena. Antaahan se jokaiselle tallukalle mahdollisuuden suoltaa ilmoille puolivalmiit, typerät tai muuten vain vääränlaiset ajatuksensa. Siitä syntyy häly, ja siihen hälyyn Saaran kaltaisten ajattelijoiden – olkaamme nyt täysin rehellisiä – keskimääräistä paremmin kypsytetyt mietteet uhkaavat hukkua.

Saara päättää kuitenkin kokeilla. Jälkikäteen arvioituna varovaisen oloisessa ensipäivityksessään hän kertoo katsovansa juuri Crocodile Dundee -elokuvaa ja että elokuva on yhä yllättävän katselukelpoinen. Menee hetki ja sitten plop. Tietokone päästää jännittävän äänen. Saara nousee sohvalta ja rientää katsomaan, mistä oikein on kyse. Hänen tekstinsä alla on nyt sininen peukalo. Saaran työkaveri on tykännyt päivityksestä. Kaksi plopsahdusta lisää, tällä kertaa miltei samanaikaisesti. Serkku ja – hetkinen vain – eräs salatun ihastuksen kohde ovat nostaneet peukkunsa esiin. No jopas jotakin. Tästä hetkestä voidaan katsoa alkaneen Saara Kansannivan julkaisutoiminnan neljännen kauden. Taakse jäävät keskustelupalstat, yleisönosastot ja muut formaatit, ja taakse jää myös televisioruudulla korkkihattuaan pyörittelevä krokotiilimies. On vain sosiaalinen media ja niin kovin ihanat tykkäykset.

Saara ja Timo tuijottavat hiljaisina televisioruutua. Edelleenkään Rollo-karhun edesottamukset eivät onnistu läpäisemään kuin aivan uloimmat tasot Saara Kansannivan tajunnasta. Tykkäysindeksi 73,7 sen sijaan velloo, vaeltaa ja vaikuttaa voimakkaasti tässä samaisessa tietoisuuden tilassa. Indeksiluvusta haaveileminen ja pelkkä ajatus sen saavuttamisesta tuottaa niin voimakasta mielihyvää Saaralle, että hänen sieraimistaan tuhahtaa tahaton, onnellisuutta osoittava ilmavirtaus. Timo vilkaisee tätiään. Tällainen hymähtely ja virnuilu tuntuu piirroselokuvan tapahtumien valossa jotenkin sopimattomalta. Onhan Rollo-karhu juuri pudonnut turkismetsästäjän ansakuoppaan, jossa se surkeana voivottelee kohtalon julmia punoksia.

Ensipäivityksensä jälkeen on Saara ruvennut tarkkaavaisesti tunnustellen ja samaan aikaan havainnoiden tutustumaan sosiaaliseen mediaan ja sen lainalaisuuksiin. Varsin pian hän huomaa, että eniten tykkäyksiä keräävät päivitykset voidaan jakaa karkeasti kolmeen kategoriaan:

1) Merkkitapaukset kuten häät, lapsen syntymä, uusi työpaikka tai asunto, muutokset parisuhdetilanteessa tai saavutukset esimerkiksi harrasteurheilun saralla. Tähän kategoriaan luetaan myös mainitsemisen arvoiset vastoinkäymiset omassa tai läheisten elämässä.

2) Hauskoiksi tarkoitetut päivitykset kuten tapausselostus erikoisesti käyttäytyvän ihmisen kohtaamisesta, itselle sattunut nololuonteinen tapahtuma, lapsen järjetön ja juuri siksi hykerryttävä lausahdus, kekseliäs havainto maailmantilasta tai ullakkovarastosta löytynyt huvittava esine, esimerkiksi jokin vanha, aikansa muotivirtauksia kuvastava vaate tai äänilevy, jonka kannessa on pulisonkikasvoinen mies. Nostalgiaelementeillä saa tässä

tapauksessa tiristettyä yleensä puolenkymmentä ylimääräistä tykkäystä.

3) Reissupäivitykset jostakin eksoottisesta kohteesta. Saara on tosin pannut merkille, etteivät matkakuvat kerää enää tykkäyksiä entiseen tapaansa. Syy on selvä, ja onkin tärkeää seurata, mikä julkaisukategoria nousee lentohäpeän tahrimien matkakuvien tilalle.

Saaran ensimmäinen napakymppipäivitys on kuva perunankuorimaveitsen halkaisemasta kynsinauhasta. Tuo verinen peukalo kerää tykkäyksiä liki neljäkymmentä, ja kommentteja tulee täsmälleen sama määrä. Kommenteissa tykkääjät kukin vuorollaan korostavat, että tykkäyksessä on kyse niin sanotusta tsemppipeukusta eikä missään nimessä siitä, että he pitäisivät itse perunankuorimaonnettomuutta millään tasolla positiivisena tapahtumana.

Saara hyrisee, huohottaa ja tutisee mielihyvästä, kun tykkäysten liki katkeamattomalta tuntuva virta valuu hänen tietokoneelleen. Melkein neljäkymmentä ihanan sinistä pientä peukaloa! Teknillisen koulutustaustansa vuoksi Saara kuitenkin tajuaa, etteivät eri ihmisten saamat tykkäysmäärät ole suoraan verrannollisia keskenään. Radiojuontaja, jolla on yli kaksi tuhatta seuraajaa, saa helposti puolivillaisellakin ajatuksella kasaan satamäärin tykkäyksiä. Samanlaisiin raakalukemiin pääseminen on matemaattisesti mahdotonta alakerran mummolle, jolla on sosiaalisessa mediassa vain kolmekymmentä ystävää.

Syntyy tykkäysindeksin käsite. Tykkäysindeksi lasketaan siten, että saatujen tykkäyksien määrä jaetaan ystävien/seuraajien lukumäärällä ja näin saatu tulos kerrotaan luvulla 100. Siispä jos esimerkiksi 300 ystävälle jaettu päivitys saa 78 tykkäystä, muodostuu tykkäysindeksilukemaksi 26. Tykkäysindeksi on lahjomaton ja tasapuolinen, ja sen matemaattisen tarkan mallinnuksen avulla on mahdollista vertailla eri tykkäyskertymien suhteellista suuruutta.

Ei ole sattumaa, että Saaran mieleen on tehnyt pysyväisasumuksen juuri tykkäysindeksilukema 73,7. On nimittäin niin, että yhtä korkeaa lukemaa hän ei ole nähnyt kenelläkään koskaan. Se on hänen päämääränsä ja eräänlainen haamumaili, jota hän sinnikkäästi tavoittelee. Tykkäysten paikallisennätys ja päivitysparhauden käytännön maksimi.

Yhä voimallisempia piirteitä Saaran tykkäysmetsästykseen tuo se tosiseikka, että hallitsevan ennätyksen (73,6) haltija on eräs tympeä, narisevaääninen mies. Tuo narisija on ensin lopettanut vuosikausien ketjutupakoinnin, laihduttanut sitten 85 kiloa ja juossut lopuksi maratonin. Kaikki nämä saavutukset hän on julistanut yhdellä kertaa kuvien kera ja vieläpä otollisimpaan tykkäystenkeräysaikaan (arki-iltana kello 19–20). Saaran mielestä tässä tapauksessa voidaankin puhua puolidopingista tai ainakin tykkäyksenhakuisesta toiminnasta. Kaiken lisäksi Saara epäilee, että mies on tarkoituksella virittänyt ystävälistansa korkeita tykkäysindeksilukemia tuottavaksi. Tällaista toimintaa Saara pitää jo puhtaana huijaamisena, mutta asiaa on hankala todistaa. Siispä ainoa tapa päästä tilanteessa voitolle on saavuttaa tykkäysindeksilukema 73,7.

Puhelimen soittoääni katkaisee Saara Kansannivan ajatuksen kulun. Soittaja on hänen siskonsa, joka ilmoittaa tulevansa hakemaan Timon hoidosta hieman sovittua aiemmin, jo 15 minuutin päästä. Järjestely sopii Saaralle erinomaisen hyvin, sillä hän ei oikein enää malta keskittyä sukulaispoikansa viihdyttämiseen. Siispä Rollo-karhu katkolle, repun pakkaaminen, ulkovaatteiden pukeminen ja hissillä kohti alakertaa. Siskolle annetaan pikainen selonteko alkuillan kulusta kuitenkaan taikina-asioita mainitsematta. Kättä heiluttaen toivotetaan hyvät illanjatkot puolin ja toisin, ja sitten – niin – sitten on Saara viimein vapaa toimimaan.

Jo hississä Saara ottaa puhelimen taskustaan ja rupeaa katsomaan kuvia. Ne ovat erinomaisia, parempia kuin hän tohti etukäteen unelmoidakaan. Kuvatekstin hän on miettinyt valmiiksi jo viikkoja sitten. Nyt vain odotetaan, että kello on tarpeeksi eli juuri sopivan verran.

Levotonta kehää asunnossaan kiertäen Saara kuluttaa aikaa. Hänellä on nyt puhelimensa muistissa kultakimpale tai pikemminkin oikea timantti. Tulevassa päivityksessä yhtyy monta korkean tykkäysindeksipäivityksen ominaisuutta: Siinä on lapsi ja huumoria, ja tapaus voidaan myös luokitella kategoriaan *Nolot sattumukset*. Kaiken lisäksi on torstai-ilta, joten ihmisten mieliin on jo hiipinyt miellyttävä tunne pian alkavasta viikonlopusta. Hyvä yleistunnelma on omiaan nostamaan tykkäyksien lukumäärää. Saaran tutkimusten mukaan torstai-iltoina tehdyt päivitykset saavat keskimäärin kuusi prosenttia enemmän tykkäyksiä kuin muiden arki-iltojen julkaisut. Vähiten tykkäyksiä luvassa sunnuntai-iltapäivisin. Silloin on oikeastaan turha julkaista mitään.

Puhelimen kello näyttää aikaa 19.17, kun Saara julkaisee kuvan. Kuvatekstiksi hän on kirjoittanut seuraavaa: *Että semmoinen leivontaprojekti! Tarkoitus oli tehdä kummipojan kanssa pasteijoita, mutta tämä näkymä odotti keittiössä, kun tulin takaisin biojäteastiaa tyhjentämästä. Pakko oli ottaa kuva, vaikka kummitädin huumorintajua taas koeteltiin.* Päivityksensä loppuun Saara lisää hymiönaaman, jonka silmien tilalla on X-kirjaimet.

Tykkäyksien korkeapaine ja kommenttien selänne iskevät Saara Kansannivan päivitykseen välittömästi. Saara seuraa tykkäysten kertymistä piirtämällä vihkoon lyijykynällä yhden pystyviivan jokaista tykkäystä kohti. Tahti vaikuttaa erittäin lupaavalta, ja vielä puolen tunnin jälkeenkin on Saara ennätysvauhdissa. Kädet alkavat hikoilla ja vapistakin siinä määrin, että vihkoon piirrettyihin tykkäysviivoihin ilmestyy pieni, aaltomainen värekuvio.

Puolentoista tunnin kohdalla Saara voi olla varma, että nyt syntyy ennätys. Mielessä käy jo lukuisia tapoja juhlistaa sitä. Kuohuviinin hän onkin nostanut valmiiksi kylmään. Mutta sitten tapahtuu jotain odottamatonta. Tykkäysten virta ikään kuin tukahtuu yhtäkkisesti. Saara etsii ja löytää syyn. Eräs lapsuudenystävä on jättänyt hyvin inhottavan kommentin: *Näin kotitalousopettajana en voi kyllä tykätä tästä. Jotenkin suorastaan puistattaa, kun meillä*

Peli on selvä. Pakatkaa kannatusviirit, purkakaa ihmispyramidi ja lähtekää kotiin, sillä ennätys jäi tänään saavuttamatta. Kotitalousopettajan närkästys on tukkinut tykkäyshanat miltei täysin. Ihmiset eivät enää kehtaa tykätä Saaran päivityksestä, kun asian moraalinen puoli on otettu esiin. Muutamia yksittäispeukkuja nousee yhä pystyyn, mutta niillä ei ole mitään merkitystä Saara Kansannivalle.

– Voi saatanan kalkkuna, minkä menit tekemään! Saara vaikeroi. Tekee mieli poistaa kotitalousopettajan kommentti, mutta liian moni on jo nähnyt sen. Sitä paitsi sehän olisi huijaamista.

Sitten soi vielä puhelin. Soittaja on sisko.

Jo heti puhelun alkuhetkistä saakka on selvää, että Saaran täytyy nyt kutsua keskustelun kenttäpuoliskolleen virkkeiden puolustuskokoonpano. Sisko esittää väitteitä, syytöksiä ja yleistä paheksuntaa. Saara kiistää, kumoaa ja on pöyristyvinään. Toistuvasti hän mainitsee sanaparin *lapsen mielikuvitus*. Sisko kertoo todisteista. (Hupusta on löytynyt jauhoa.) Jankataan, huokaillaan ja mökötetään. Yhteisymmärrykseen ei päästä, vaan puhelu loppuu Saaran kireällä äänellä lausuttuihin sanoihin:

– Ei tartte vähään aikaan tuoda. Näkemiin!

Niin voi tunnelma muuttua hetkessä. Jos vielä pieni tovi sitten Saaran kädet tärisivät ihanasta innostuksesta, on ne nyt vallannut voimattomuuden vapina. Ankeasti menee loppuilta kalkkunaksi nimettyä kotitalousopettajaa soimaten, ja saapa hiljaisuuslupauksen rikkonut kummipoika Timokin osansa yksinäisestä sättimisestä.

Alkaa tympeä ajanjakso Saara Kansannivan elämässä. Mikään ei oikein innosta, ei työ, ei vapaa-aika eikä oikein edes sosiaalinen media. Muutaman kuntosalipäivityksen hän tekee ja saa tykkäyksistä hetkellisesti iloa elämäänsä. Mutta sekin kestää vain vähän aikaa, ja pian hän vaipuu taas perussynkkyyden ankeaan olotilaan. Taikinapäivityksen hukattu potentiaali kalvaa yhä, vaikka siskon kanssa asia saadaankin sovittua. Iltaisin Saara tuijottaa eteensä ja hieroskelee käsiään yhteen toivoen, että jostakin pulpahtaisi oikein kunnon päivitysidea. Mutta mitään ei tule. On kuin Saaran mieli olisi mennyt lopullisesti umpeen.

Käy kuitenkin niin kuin yleensä käy, ja tilaisuus tulee varkain ja juuri silloin, kun sitä ei edes aavista odottaa. On tiistaiaamu, kun Saara Kansanniva työntelee erään terveysaseman käytävällä kärryä, jossa on suuri, maitokahvin värinen matkalaukku. Laukun sisällä on silmänkuvantamislaite, jollaisia Saara esittelee, myy, asentaa ja joiden käyttöön hän antaa iltapäivän mittaisia koulutuksia lounastauko mukaan lukien. Se on hänen ammattinsa, silmänkuvantamislaitemyyntiedustaja ja -kouluttaja.

Hajamielisesti Saara vilkuilee käytävän varrella istuvia ihmisiä. Valikoima on hänelle entuudestaan tuttu: pääosa on kaihivanhuksia, muutamalla näyttää olevan silmätulehdus, yksi kärsii runsasrähmäisyydestä, tuolla parrakkaalla on muhkea chalazion eli näärännäppy ja sortsityttö on mitä ilmeisimmin saanut sählypallosta silmäänsä.

Sitten Saara huomaa jotakin, joka ei vielä itsessään ole erityismaininnan arvoinen asia mutta joka käynnistää Saaran selkärangan alaosassa miellyttävän, kysymyksiä herättävän värinän. On kuin Saaran keho haluaisi huomauttaa omistajaansa jostakin, jota aivot eivät ymmärrä tai osaa käsitellä. Toimi nyt! huutaa keho, mutta Saara ei tiedä, mitä pitäisi tehdä.

Raollaan oleva oviaukko. Se on asia, jonka Saara on alitajuisesti luokitellut tietoisuutensa alalokeroon *Tärkeät ja toimintaa vaativat seikat*. Saara pysäköi kärrynsä käytävän reunalle ja kurkistaa raosta sisään. Hoitotuolissa makaa puoli-istuvassa asennossa noin neljäkymmentäviisivuotias nainen. Hänen molempien silmiensä päällä on valkoiset kangaslaput, joita pitää paikoillaan pään ympäri kääritty sideharso. Nainen säpsähtää hieman, kun Saara astuu huoneeseen.

– Voisinko minä saada vettä? nainen kysyy.

Saara ei sano mitään, tuijottaa vain naista. Hän tietää, että nyt täytyy toimia nopeasti. Kunpa vain tietäisi, millaisiin toimiin on ryhdyttävä. Saara sulkee silmänsä ja yrittää kuunnella sisäistä ääntään. Kuuluu seinäkellon nakutusta, naisen nenän kimakka tuhina ja jostain kauempaa vuoronumerolaitteen kilahdus. Joku puhuu puhelimeen käytävällä. Sisäinen ääni sen sijaan pysyy vaiti.

– Perseen perseet, Saara Kansanniva sihahtaa turhautuneena. Tässä on nyt ilmiselvästi runsasindeksisen päivityksen ainekset aseteltu kuin tarjottimelle hänen eteensä, mutta kaikki valuu hukkaan, ellei hän pian keksi, mitä pitää tehdä.

– Mitä te sanoitte? Kirositteko te? nainen kysyy ja pyöristää huulensa puoliksi paheksuvaan, puoliksi tiedustelevaan asentoon.

Nyt on pakko tehdä jotakin, ihan sama mitä! Saara asettelee puhelimensa oven vieressä olevan matalan kaapin päälle, säätää kameran ajastimen kymmeneen sekuntiin, menee seisomaan naisen viereen ja koukistaa polviaan siten, että hänen päänsä on samalla korkeudella naisen pään kanssa. Ajastin piipittää jo kolmen sekunnin äänimerkin, kun Saara nappaa vielä sivupöydältä teko-orvokkikimpun käteensä.

Puhelin ottaa kuvan, Saara puhelimen ja nainen kasvoilleen yhä kysyvämmän ilmeen, joka tosin on suurelta osin sideharson peitossa. Tätä Saara ei kuitenkaan näe, sillä hän poistuu huoneesta ja menee välittömästi vastaanottotiskille perumaan asiakastapaamisensa vedoten äkillisesti puhjenneeseen kummalliseen olotilaan. Vastaanottovirkailija puhuu osaaottavaan sävyyn mutta suuntaa katsettaan toistuvasti kohti Saaran oikeaa kättä, jossa Saara huomaa pitelevänsä yhä teko-orvokkikimppua.

Saara mutisee tarkoituksellisen epäselvästi jotain naistenpäivästä ja asettaa sitten kukkakimpun tiskille. Sen jälkeen hän ei enää vilkaisekaan vastaanottovirkailijaa vaan kääntyy sivulle ja marssii reipasta tahtia ylläpitäen kohti kärryään, jonka hän juurikaan vauhtiaan hidastamatta ottaa mukaansa ja suuntaa kulkunsa kohti hissejä.

Vasta kotona, kun on varmaa, ettei kukaan seuraa tai tule moittimaan pienestä omatoimivierailusta hoitohuoneeseen, Saara uskaltaa katsoa kuvaa. Siinä he ovat, hän ja sideharsosilmäinen nainen, joka suun asennosta päätellen lausuu kuvanottohetkellä jotakin sanaa. Huulet ovat joissain määrin törröllä, joten äänne lienee u tai y. Sanoiko nainen jotain? Sitä Saara ei jännitykseltään kyennyt rekisteröimään, eikä asialla ole oikeastaan merkitystä, sillä pääasia on tämä kuva. Mutta miksi?

Menee melkein kuukausi, ennen kuin ajatus on valmis. Tekee mieli kuvitella, että Saara on tullut jo kuvanottohetkellä istuttaneeksi alitajuntaansa eräänlaisen päivitysidean siemenen tai taikinajuuren. Aivokuoren miellyttävässä lämmössä on taikina hiljalleen kohonnut ja kypsynyt. Ja nyt, juuri tällä hetkellä kun Saara on nousemassa paikallislinja-auton kyytiin, kilahtaa hänen takaraivossaan merkkiääni ja uunituore, miellyttävästi höyryävä ja pinnaltaan rapea päivitysidea astuu esiin.

Suurella ilolla tervehtii Saara päivitysideaa. Bussiin nouseminen vaihtuu kierähtäväksi liikkeeksi, jonka kautta Saara aloittaa puolihölkkäävän rientämisensä suuntanaan koti. On kiire saada päivitysidea paperille ja turvaan mahdolliselta unohdukselta.

Kotona Saara tarkistaa muutaman asian internetistä, kirjoittaa päivitysluonnoksen paperille, laskee paperin pöydälle ja asettaa sen taakse puhelimensa, jonka näytöllä on sideharsokuva. Kokonaisuus huokuu korkeaa tykkäysindeksilukemaa. Saara vilkaisee kelloa. 18.37. Ei ole vielä liian myöhä. Tosin on vasta tiistai, mutta Saara ei millään malttaisi odottaa – eikä hän maltakaan. Tasan kello 19 Saara Kansannivan aikajanalle ilmestyy neljä viikkoa aiemmin otettu sideharsokuva ja seuraava kuvateksti:

Tässä istuu kaksi naista. Saara Kansanniva, Polvijärvi, Suomi ja Bonnie MacLaren, Perrysburg, Ohio, Yhdysvallat. Saara on uteliain silmin katsellut maailmaa ja sen ihmeitä jo 35 vuotta. Bonnie taas syntyi geenimutaatiovirheen vuoksi sokeana, eikä hänellä ole ollut elämänsä aikana yhtään näköaistimusta. Tähän päivään saakka.

Kolme kuukautta sitten Kantasolurekisteristä otettiin minuun yhteyttä. Minulle kerrottiin, että kantasoluni ovat tismalleen yhteensopivia erään yhdysvaltalaisen naisen kantasolujen kanssa ja että tämä nainen on osallistumassa kokeelliseen näönpalautustutkimukseen. Soittaja ei ehtinyt edes kysyä halukkuuttani osallistua, kun olin jo suostunut mukaan. Tuo nainen oli Bonnie, ja tapasimme ensimmäisen kerran kuukausi sitten Turussa, jossa kantasolujen siirtäminen suoritettiin.

Siitä hetkestä alkoi odotus.

Äsken sain puhelun Ohiosta. Soittaja oli Bonnie, joka samaan aikaan katseli perheensä silmänkantamattomiin ulottuvia soijaviljelmiä, jotka kuulemma huojuivat miellyttävästi kultaisina, keltaisina ja punaisina keskipäivän auringon hyväillessä niitä. Odotus oli päättynyt. Kantasoluhoito toimi yli kaikkien odotusten, ja Bonnie näkee nyt ensimmäistä kertaa elämässään.

Puhelun taustalla hysteerisinä ilosta itkivät Bonnien mies Robert, hänen veljensä Terry, hänen äitinsä Mabel

Kuvassa Bonnie on juuri saanut kantasoluruiskeet silmiinsä ja minä pidän kädessäni Robertin minulle lahjoittamaa kukkakimppua. Puhelun jälkeen tuli hyvä ja merkityksellinen olo, joten ajattelin jakaa teille tämän hetken, rakkaat ystävät.

Tällä kertaa Saara ei rupea seuraamaan tykkäystahtia vihkoonsa. Onhan kynään ja tykkäystenseurantavihkoon voinut asettua asumaan jonkinlainen paha karma, joka vääjäämättä ja yhä uudestaan sabotoi Saaran tykkäysennätysyritykset. Sen sijaan Saara säätää tietokoneensa plopsahtamaan jokaisen tykkäyksen merkiksi ja asettuu selinmakuuasentoon sohvalle. Hän sulkee silmänsä ja keskittyy kuuntelemaan.

On kuin pääsisi jonkin vanhanpuoleisen rakennuksen ullakkohuoneeseen seuraamaan alkavaa sadekuuroa, joka ilmaisee olemassaolonsa paiskomalla pisaroitaan peltikattoa vasten. Ensin kattoon osuu vain muutama, ennenaikaisesti matkaan harhautunut pisara, mutta se on vain alku. Se on ainoastaan merkki siitä, että nyt, kuulija hyvä, on aika terästää aistimuselimet herkimpään vastaanottoasentoon, sillä kohta alkaa varsinainen päänäytös.

Saara kuuntelee ropsahtelua, joka hiljalleen kehittyy varsinaiseksi ropinaksi ja siitä vielä armottomaksi, osittain väkivaltaiseksi räpätykseksi. Tuskin ehtii edellinen plopsahdus vaieta, kun on jo seuraavan vuoro luikahtaa esiin kaiuttimen ritiliköstä. Sieltä se saapuu Saara Kansannivan kerrostalokaksioon, jossa se kimpoilee aikansa ympäriinsä ja hukkuu lopulta höyryveturia esittävän seinäryijyn pörröiseen langanpätkämereen. Sydämet ja peukut vilistävät Saaran silmissä, kun hän kuuntelee tuota ihanaa äänimaisemaa. Saaran suu kääntyy hymyyn ja siitä alkaa kuulua kuplahtelevaa hörähtelyä, kun hän aprikoi mielessään, onko päivitys saanut enemmän peukkuja vaiko sydämiä. Tilanne voi olla hyvinkin tasainen, mutta Saara arvelee sydämien pitävän hienoista johtoasemaa hallussaan.

Kolmen tunnin aikamerkin kohdalla Saara viimein nousee sohvalta ja katsoo tietokoneelta tarkan tilanteen. Tykkäyksiä on jopa enemmän kuin hän on aavistanut, ja yli puolet niistä on sydämiä. On aika tehdä ennustus lopullisesta tykkäyskertymästä. Saara naputtelee tietokoneelle muutamia avainlukemia, tarkistaa kahdesti niiden oikeellisuuden ja painaa sitten Enter-painiketta irrottamatta katsettaan näytöstä. Ruudulle piirtyy Gaussin käyrää muistuttava kuvio ja taulukollisen verran lukemia.

Saaran silmät hakeutuvat välittömästi erään tietyn sarakkeen erääseen tiettyyn soluun, joka pitää sisällään ennustuksen lopullisesta tykkäysindeksikertymästä. Sen nähtyään silmät siristyvät aavistuksen verran epäuskosta, palaavat tarkistamaan syötettyjä avainlukuja, seilaavat takaisin tykkäysindeksilukemaan ja sahaavat näiden kahden taulukon osan välillä ymmärtämättä täysin, mitä näkevätkään.

Sitten tilanne piirtyy selkeäksi, ihanaksi kuvaksi Saara Kansannivan tajuntaan. Kuullaan laadultaan erikoinen, kurnuttava kujerrus, kun Saara tajuaa, millaista tykkäysindeksilukemaa hänen on lupa odottaa kehittyväksi viikon loppuun mennessä. Kaikista huolista karsittu ja piripintaan onnella täytetty yleistunnelma asettuu asumaan Saaran kehoon ja nostaa hänen kasvoilleen puolityperän virneen, juuri sellaisen johon yleensä ja myös tässä tapauksessa yhdistyy mitäännäkemätön eteenpäintuijotus.

Edellä mainittu ilme säilyy Saaran kasvoilla, kun ovikello soi ja kun hän astelee kiirehtimättä ja kuten tavataan sanoa, miltei leijuen, avaamaan ovea. Vasta kun hän tunnistaa odottamattoman vieraansa, virne katoaa pala kerrallaan, ensin silmistä, sitten suusta, ja pian kasvoilla on kokonaisuudessaan tyystin toisenlainen ilme kuin äsken.

Oviaukossa seisoo Bonnie.

– Sinä olet ilmeisesti Saara Kansanniva, Bonnie sanoo.

– Niin no –, Saara aloittaa, mutta hän mielensä menee välittömästi lukkoon eikä sanojen muodostaminen enää onnistu. Saara alkaa tuijottaa ovikellon pyöreää kupua aavistus tuskaa kasvoillaan. Bonnie sen sijaan jatkaa ja kertoo, ettei hän olekaan Bonnie vaan Leena ja ettei hän tunne Saaran päivityksessä mainittuja perheenjäseniään eikä myöskään sikatilallinen Elmorea ja ettei hän ole koskaan ollutkaan sokea eikä täten kantasoluruiskeiden tarpeessa vaan että hänelle tehtiin luonteeltaan lähinnä kosmeettinen leikkaus molempiin yläluomiin ja että hän oli perinpohjaisesti yllättynyt, kun sai aiemmin päivällä puhelun opiskeluaikaiselta soluasuntotoveriltaan, joka kertoi eräästä päivityksestä, jossa näkyy tutunoloinen ihminen.

Kuvaavaa on, ettei Saara juuri puhu Bonnien vuodatuksen aikana vaan tuijottaa tiukasti ovikellon kupua, nuoleskelee huuliaan, hieroo kasvojen alaosaa ja ynähtää välillä pahoittelevaan sävyyn. Mielessään Saara käy jo läpi mahdollisia seurauksia, joista juuri se pahin vaikuttaa kaikkein todennäköisimmältä. Niinpä hän on jo puoliksi kääntyneenä kohti tietokonettaan, kun Bonnie aloittaa loppupuheenvuoronsa. Bonnie kertoo, ettei tiedä, millaista peliä Saara pelaa, eikä hän sitä jaksaisi suoraan sanottuna ruveta selvittämäänkään ja että Saaran olisi hyvä poistaa mahdollisimman pikaisesti sekä kantasolupäivitys että kaikki kopiot heidän yhteiskuvastaan.

– Jos vielä käytät sitä kuvaa jossakin, asia lähtee eteenpäin. Ymmärrät varmaan, mitä tarkoitan?

Saara nyökkää. Ymmärtäähän hän.

– Kannattaa ehkä jutella jollekin näistä asioista, Bonnie sanoo hieman aiempaa sävyisämmällä äänenpainolla ja sulkee oven.

Saara kuuntelee hetken rappukäytävällä vaimenevia askelia, menee tietokoneensa luokse ja katsoo vielä kerran tuota huumaavaa tykkäysindeksiennustetta, vaikka sen näkeminen tuntuukin yhtäkkiä käsittämättömän pahalta.

Poistaessaan päivitystään Saara yrittää olla katsomatta tykkäyksien määrää muttei malta vaan vilkaisee vähän ja lukeman nähdessään päästää suustaan itkunkaltaisen, värisevän huokauksen. Sitten päivitys ja kaikki sen saamat tykkäykset ovat poissa.

Saara lähettää esimiehelleen viestin, jossa kertoo olevansa loppuviikon sairaana. Hän valahtaa sohvalle ja jää tuijottamaan mustasta televisioruudusta heijastuvaa kuvaansa. Pysyväisasumuksen Saaran leukaan on tehnyt itkuryppyjen onneton nelikko. Surkea ja surullinen näky.

Ahdistus, tuo tuuheakarvainen ja painava otus, pystyttää leirin Saaran rintakehän päälle. Kiristääpä vielä itsensä kiinni muutamalla jämerällä vyöllä ja tekeekin tarkkaa ja tehokasta työtä, sillä kovin hankala on Saaran nyt hengittää.

Vuorokaudet vaihtuvat, mutta Saara vain makaa ja tuijottaa heijastustaan. Uni on katkonaista, ja se sekoittuu valvetilan kanssa epämääräiseksi puuroksi, jonka seassa sattumina kelluvat valmistaikinat, tykkäysindeksit, kantasoluruiskeet sekä Timo, Bonnie ja sikatilallinen Elmore. Välillä Saara nousee, juo hieman huoneenlämpöistä vettä tiskipöydän lasista, kaapaisee kourallisen puurohiutaleita lasipurkista suuhunsa ja palaa sitten takaisin sohvalle.

On jo lauantaiaamu, kun Saaran selkäranka vastaanottaa jälleen värinähälytyksen. Se on lähtökäsky: nyt olisi taas tykkäyksiä tarjolla, sen kuin menet keräämään ne talteen. Saara ottaa puhelimen mukaansa ja tarkistaa hissin peilistä yleisolemuksensa, joka on kieltämättä hieman huolittelematon. Nyt ei auta kuitenkaan hidastella, joten muutaman hajasormin tehdyn kampausliikkeen jälkeen Saara on jo ulkona.

Kerrostalon takana on sekametsä, jonka läpi vie polku laajahkolle nurmikentälle. Päätään rytmikkäästi kieputtaen Saara Kansanniva kulkee polkua pitkin ja tarkkailee samalla ympäristöään. Metsän reunalla hän tajuaa, miksi sisäinen ääni komensi hänet liikkeelle. Nurmikentän toisella laidalla on kirkko, johon kävelee juuri juhla-asuihin pukeutunutta väkeä.

Häät eli toisin sanoen täydellinen tilaisuus tykkäysten hankkimiselle. Saara muistaa heti hauskan puheen, jonka sänkinaamainen bestman piti hänen siskonsa häissä. Hän palauttaa puheen rakenteen mieleensä ja uskoo voivansa toistaa sen kutakuinkin alkuperäisessä muodossa. Täytyy vain soluttautua juhlavieraiden joukkoon, ja kun ilta on hieman vanhentunut, kuullaan ja taltioidaan kaikkien aikojen juhlapuhe, oikea tykkäyksien tehomagneetti.

Saara juoksee nurmikentän poikki. Ahdistuksen karvainen hahmo kiristävine vöineen putoaa maahan jossain siinä voikukkarykelmän kohdalla, ja suoristuneet ovat leuan itkurypytkin, kun Saara saavuttaa huohottaen kirkon valurautaisen aidan. Hyvän matkaa täytyy kiertää, ennen kuin löytyy portti. Siihen menee aikaa, ja Saara näkeekin, että viimeiset häävieraat menevät juuri sisälle kirkkoon. Nyt ei voi hukata sekuntiakaan. Aikaa säästääkseen Saara oikaisee vanhan kirkkomaan poikki, jossa risteilee pieniä polkuja ristikkomaisena muodostelmana.

Toistakymmentä ihmistä on kerääntynyt seisoskelemaan kahden polun risteykseen, joka osuu juuri Saaran valitseman oikoreitin varrelle. Anteeksi-sanaa hiljaa toistellen ja oikealla kädellään ihmisiä tieltään ohjaten Saara raivaa kulkunsa väkijoukon läpi. Hänelle huudetaan jotain, mutta nyt ei ole aikaa keskusteluille. Joku tarttuu häntä hihasta, ja ihmetellen Saara kääntyy katsomaan tarttujaa. Samalla hetkellä sekä vatsanpohjan että vasemman jalan valtaa erikoinen, ilmava tunne.

Saara Kansanniva istuu kummipoikansa Timon kanssa sohvalla ja katsoo televisioruudulta Rollokarhun seikkailuja. Rollo on mennyt nuolaisemaan puutarhasta löytämäänsä etanaa ja on juuri saamassa jonkinlaisen myrkytysoirekohtauksen. Vaivihkaa kaivaa Saara puhelimen taskustaan ja vilkaisee iltapäivälehden otsikoita. Yksi niistä on erityisen kiinnostava.

Hautakuoppaan juosseelle sakkotuomio

Saara klikkaa jutun auki ja huomaa, että se on saanut runsaasti tykkäyksiä. Mielessään hän tekee karkean arvion siitä, millaisen indeksilukeman hän saisi noiden tykkäyksien avulla. Mutta tämä kaikki on vain kuvitelmaa, pelkkää lapsekasta haaveilua. Kirkkopihan tapahtumien jälkeen Saara on päätynyt eräänlaisen intervention kohteeksi, jonka seurauksena kaikki hänen sosiaalisen median tilinsä on poistettu.

Saara huokaisee, pääosin kai helpottuneena. Päättynyt on ainainen jahti, ja kenties parempi niin. Näin on hyvä, ihan hyvä, ajattelee Saara Kansanniva, tykkäysindeksimittelön ikuinen hopeamitalisti, ja rupeaa kankeamaan kaikkea edelliseen liittyvää pois tietoisuutensa pesäkolosta.

ÄÄNIKIRJASTA

Novellikokoelman äänikirjaversion löydät osoit-
teesta **tinyurl.com/paleopuhetta1981**. Jos sinulla
tulee kysyttävää äänikirjaversioon liittyen tai ha-
luat ottaa kirjoittajaan muuten vain yhteyttä, voit
lähettää sähköpostia osoitteeseen
paleokirjoittaja@gmail.com.

KIELITOIMISTON HÄTÄKOKOUS

Kokoustilaksi valittu huone on sisustettu korostetun vanhanaikaisella tavalla. Voidaan puhua 1800-luvun lopun tai 1900-luvun alkuvuosien henkimästä tunnelmasta. Kaikkialla on vain tummia ruskean sävyjä, ja siellä missä ei ole ruskeaa, on voimakkaasti ruskeaan taittuvaa mustaa.

Aivan katonrajassa nakuttava heilurikello näyttää minuuttia vaille, kun kokouksen kolmas ja viimeinen osallistuja saapuu paikalle. Hän on puristanut käsivartensa ja kylkensä väliin villakangastakin, jonka päällä kaulahuivi ja huopakankainen hattu jotenkin ihmeellisesti pysyttelevät kyydissä. Tulijan olemus ja elehdintä kielivät kovasta kiireestä.

Viimeiseksi paikalle saapuneen henkilön nimi on K. Kettunen, ja hänen on määrä johtaa pian alkavaa kokousta. Muut kokoukseen osallistujat ovat R. Ryyd ja O. Ala-Junttila. Osallistujat tervehtivät toisiaan ja pitävät lyhyen kuulumiskierroksen. Sitten asetutaan istumaan pitkän pöydän ovenpuoleiseen päähän.

Kokous voi alkaa.

K. Kettunen: – Tervetuloa kaikille eli teille kummallekin. Niin kuin kokouskutsussa kirjoitin, on

Suomen hallitus pyytänyt apuamme, hmm, eräässä asiassa. Keskustelin koko taksimatkan tänne pääministerin kanssa puhelimessa, ja minulla on nyt melko hyvä kokonaiskuva tilanteesta ja tehtävästämme.

O. Ala-Junttila: – Ymmärsinkö oikein, että tämä liittyy jotenkin, hmmh, sukupuolielämälliseen sanastoon?

K. Kettunen: – Malttia, pyydän. Alustan tilannetta muutamalla virkkeellä, ja sen jälkeen varsinainen työmme voi alkaa. No niin. On tunnettu tosiasia, että Suomessa syntyy joka vuosi aina vain vähemmän lapsia. Ero muihin Pohjoismaihin on huomattava. Syitä ilmiölle on yritetty etsiä, mutta yhtä selittävää tekijää ei ole löydetty – ennen kuin nyt. Kuusi viikkoa sitten Turun yliopistossa esitarkastettiin väitöskirjatutkimus, joka käsittelee lisääntymisikäisten suomalaisten suhtautumista kielemme sukupuolisen kanssakäymisen sanastoon. Tulokset ovat järisyttäviä. Kaksi kolmasosaa haastatelluista pitää suomenkielistä seksuaalisanastoa jopa niin kiusallisena, ettei sitä kehdata edes käyttää.

R. Ryyd: – Anteeksi, kun keskeytän, mutta tarkoittaako tämä sitä, että se tehdään tai siis sitä harjoitetaan vaiti? Ikään kuin mykkinä.

K. Kettunen: – Tähän tutkimus ei ota kantaa. Nyt tulee kuitenkin puheenvuoroni tärkein huomio, joten pyydän teitä kuuntelemaan vielä hetkisen. Kun Turun tutkimusta verrataan Norjassa ja Tanskassa tehtyjen vastaavien kyselytutkimusten tuloksiin, muodostuu eteemme selkeä kuva suomalaisen syntyvyystilanteen syistä ja seurauksista. On nimittäin niin, että Norjassa ja Tanskassa lisääntymisikäisistä ainoastaan hieman alle kymmenen prosenttia pitää sikäläistä seksuaalisanastoa millään tasolla kiusallisena. Koska Pohjoismaiden kielet ovat – suomea lukuun ottamatta – sukua toisilleen, emme tehne liian rohkeita johtopäätöksiä, jos yleistämme tilanteen koskemaan myös Ruotsia ja Islantia.

O. Ala-Junttila: – Hetkonen nyt. Sinä väität siis, että Suomessa ei tehdä lapsia, koska lapsentekoprosessiin liittyvä sanasto koetaan jollain tavalla kiusalliseksi.

K. Kettunen: – En minä väitä mitään, mutta näiden tutkimusten tulokset ovat täysin selkeitä. Asiassa on päivänselvä kausaliteetti.

R. Ryyd: – Eli lapsentekosanaston kiusallisuuden kokemus korreloi negatiivisesti syntyvyyden kanssa? Onhan tuo toki ymmärrettävää, sillä kyse on herkkäluontoisesta asiasta.

K. Kettunen: – Aivan näin. Tavallaan pelottavaa mutta toisaalta myös hienoa, koska asia huomattiin jo näin varhaisessa vaiheessa. Siispä on maamme hallitus antanut Suomen kielitoimiston ylimmälle nimeämiselimelle – eli meille kolmelle – toimeksiannon ja täydet valtuudet kyseisen sanaston uudistamiseksi. Päämääränä on tehdä sanastosta yhtä vetovoimaista kuin skandinaavisissa kielissä ja mikseipä samalla vaivalla vetovoimaisempaakin.

O. Ala-Junttila: – Mitäköhän tästä tulee? Minua kun jotenkin nolottaa puhua näistä asioista.

R. Ryyd: – Pakko myöntää, että itsekin hieman kiusaannun edellä mainittujen seikkojen edessä.

K. Kettunen: – No mutta siinähän taas nähdään, että sanasto kaipaa uudistamista. Jos teitä nyt niin kovin nolottaa puhua näistä, ei meidän tarvitse lausua minkään osasen tai tapahtuman nykyistä nimeä ääneen. Riittää kun me kolme tiedämme, mistä on kyse, ja sen jälkeen voimmekin ryhtyä käyttämään asiasta sen uutta nimeä.

O. Ala-Junttila: – Minkäs asian nimeäisimme ensimmäisenä?

K. Kettunen: – Ehdotan, että aloitamme siitä jutusta, joka on miehillä alhaalla ja keskellä. Olisiko teillä mielessä uutta nimeä tälle osaselle?

R. Ryyd: – Tjaa.

O. Ala-Junttila: – Hmmh.

K. Kettunen: – Tätä pitääkin miettiä hetki.

O. Ala-Junttila: – No jos minä nyt sitten aloitan. Miten olisi taavetti?

K. Kettunen: – Ai niin kuin se miehen nimi?

O. Ala-Junttila: – Niin mutta yleisnimen muodossa.

R. Ryyd: – Minun isäni nimi on Taavetti. Epäilen, että hän ja kaikki hänen kaimansa eivät lähettelisi meille kiitoskirjeitä, jos nimeäisimme, hmm, sen taavetiksi.

K. Kettunen: – Olen samaa mieltä. Suomessa lienee huomattava määrä Taavetteja. Melkoisen karhunpalveluksen tekisimme kyllä heille ottamalla nimen moiseen käyttöön. Näin yleisellä tasolla ehdotankin, että pyrimme olemaan käyttämättä ihmisten erisnimiä nimeämisprosessin yhteydessä. Näin vältämme kaikenlaisen ikävän jälkikeskustelun. Haluan kuitenkin myös kehaista äskeistä ehdotusta, sillä taavetti on minusta hyvin kaunis ja hyvä nimi, no, sille jutulle. Eikä se ainakaan minussa herätä vähäisintäkään kiusaantuneisuutta.

O. Ala-Junttila: – Joku muu saa antaa seuraavan ehdotuksen.

R. Ryyd: – Miltä teistä kuulostaa rakuunaporkkana?

K. Kettunen: – Nyt mennään kyllä aika vahvasti keittiön puolelle. Itse ajattelin jotain eksoottisempaa. Miten olisi italialainen vieteri?

O. Ala-Junttila: – Kaikki kunnioitus teidän molempien ehdotuksia kohtaan, mutta eikös tässä ole vaarana, että tunnelma ikään kuin latistuu, jos kesken, mmm, prosessin aletaan puhua porkkanoista tai vietereistä?

K. Kettunen: – Lienet oikeassa. Muutenkin voisimme vältellä kaksiosaisia nimiä ja yhdyssanoja ja pyrkiä pikemminkin ekonomisuuteen, jotta ihmiset varmasti rupeavat käyttämään uutta nimeä. Tuleeko mieleen yhtään kaksitavuista sanaa?

O. Ala-Junttila: – Ströde.

R. Ryyd: – Kolme konsonanttia sanan alussa. Tuon lausuminen voi kyllä tuottaa vaikeuksia monille, etenkin kun kyseessä on usein sangen jännittävä hetki.

K. Kettunen: – Vältetään siis myös sananalkuisia kaksois- ja kolmoiskonsonantteja. Mutta tuo ströde, eikös se ole mukautettu de-slangijohtimella sanasta strösseli?

O. Ala-Junttila: – Niin, no niinhän minä taisin tehdä. Aivan huomaamattani tosin.

K. Kettunen: – Minulla pyöri aiemmin kieleni päällä nimiehdotus mulperi. Mitäs jos lyhentäisimme sen tuolla samaisella johtimella?

O. Ala-Junttila: – Mulperi eli siis mude. Mude. Mudehan kuulostaa hyvältä.

R. Ryyd. – Mude. Se on aivan erinomainen nimi sille jutulle.

K. Kettunen: – Siltä minustakin tuntuu. Voisiko jompikumpi teistä käyttää sitä vielä virkkeessä, jotta kuulemme, miltä se kuulostaa niin sanotusti tositilanteessa?

R. Ryyd: – Krhm, katsopas huviksesi tätä minun mudettani.

O. Ala-Junttila: – Mitenkäs mude muuten taipuukaan partitiivissa? Käytämmekö sanan jäde vai made partitiivipäätettä? Mudea vai mudetta?

K. Kettunen: – Ehdotan jäden partitiivipäätettä, mudea.

R. Ryyd: – Olen samaa mieltä. Jotenkin sitä ajattelee, että kaikki mielikuvat, jotka etäisestikin liittyvät mateeseen, saattavat vaikuttaa negatiivisesti lapsentekohetken tunnelmaan. On näet kyseessä herkkä asia.

O. Ala-Junttila: – Kannatan.

K. Kettunen: – Päätetään siis, että miehen alhaalla ja keskellä olevaa juttua nimitetään tästä lähtien mudeksi ja että sana taipuu jäde-sanan tapaan. Siirtykäämme askel vasemmalle mutta pysytään samalla korkeudella.

R. Ryyd: – Nyt kyllä tipahdin kärryiltä. Mitä oli vasemmalla?

O. Ala-Junttila: – Hän tarkoittaa sitä juttua, joka on naisella keskellä ja alhaalla.

R. Ryyd: – Aivan, niinpä tietenkin. Vasemmalla ja alhaalla.

K. Kettunen: – No, onkos ehdotuksia sen nimeksi?

R. Ryyd: – Mitä kielikorvanne sanovat lattanasta?

K. Kettunen: – Voin kertoa, että moista ehdotusta en aio viedä ulos tästä huoneesta.

O. Ala-Junttila: – Minustakin lattana kuulostaa jopa jossain määrin loukkaavalta.

R. Ryyd: – Pahoitteluni, en ole tämän alueen erityisasiantuntija.

O. Ala-Junttila: – Maakuntamatkoillani olen kuullut siitä käytettävän nimitystä lurpukka. Olisikohan aika siirtää tuo nimi yleiskieleen?

K. Kettunen: – Lurpukka. Minulle tulee lurpukasta ensimmäisenä mieleen joku Ankkalinnan hahmo.

R. Ryyd: – Eikös se olisi miellyttävä kevennys? Nämä kun ovat monelle sangen jännittäviä hetkiä. Kevennys voisi, noh, keventää tunnelmaa.

K. Kettunen: – Emme me voi sitä lurpukaksi nimetä. Tai sitten mude täytyy nimetä uudestaan hopottimeksi. Joku raja nyt näihin ehdotuksiin.

O. Ala-Junttila: – Lienee siis parasta unohtaa lurpukka, mutta miten olisi hörhötin?

R. Ryyd: – Tulee jotenkin aika sekava ja epävakaa mielikuva tuosta hörhöttimestä. Eikös tuollainen voi pelästyttää ihmisen, joka lähestyy hörhötintä?

K. Kettunen: – Ei hörhötin kyllä ole yhtään sen parempi kuin lattana. Sehän on kuin hevosen nauruelin. Unohdetaan sekin.

R. Ryyd: – Olisikohan hyvä, jos sen nimi alkaisi samalla kirjaimella kuin muteen, anteeksi, muden nimi, eli m-äänteellä? Silloin nämä kaksi olisivat ikään kuin lähempänä toisiaan. Siitä voi olla apua, jos hetki käy liian jännittäväksi.

K. Kettunen: – Tuo lienee totta. Antakaahan tulla m-kirjaimella alkavia ehdotuksia.

O. Ala-Junttila: – Mi-...ma-...me-...monkero.

R. Ryyd. – Mi-...ma-...me-...mystyrä.

K. Kettunen: – Antaa tulla vain.

O. Ala-Junttila: – Mintteli.

R. Ryyd: – Monteli.

K. Kettunen: – Hetkonen. Nyt pysähdytään. Monteli. Monteli. Nyt saatoit sanoa jotain tärkeää. Sovitahan monteli johonkin virkkeeseen. Äkkiä nyt!

R. Ryyd: – Rouva hyvä, teillä on oikein viehättävä monteli.

O. Ala-Junttila: – No johan nyt on. Tuohan kuulosti aivan, sehän kuulosti ihan –.

K. Kettunen: – Täydelliseltä, se on se sana, jota sinä haet. Eikös vain?

O. Ala-Junttila: – Juuri näin. Nyt tuli kyllä keksittyä hyvä nimi.

K. Kettunen: – Näin yksimielisesti päätetään, että naisen alhaalla ja keskellä olevaa juttua kutsutaan tästä hetkestä alkaen nimellä monteli.

R. Ryyd: – Olipas kiva, kun minäkin sain nimetä yhden.

K. Kettunen: – Ja näitä on vielä paljon jäljellä. Siitä puheen ollen ehdotan, että siirrymme niin sanotusti kaksi askelta pohjoista kohti.

R. Ryyd: – Voi näitä teidän kielikuvianne. Mikäs se ilmansuunta olikaan?

O. Ala-Junttila: – No nämä ovat ne jutut, joihin jotkut kiinnittävät tarpeettomankin paljon huomiota ja joita on yleensä kaksin kappalein. Koko hieman vaihtelee kantajittain. Pääsääntöisesti naisilla on runsaammat kuin miehillä.

R. Ryyd: – Nyt minäkin taas tajuan. Kiitos.

K. Kettunen: – Olisiko teillä ehdotuksia näiden juttujen nimeksi?

O. Ala-Junttila: – Minulla putkahti jostakin mieleen sana viipottimet.

R. Ryyd: – Viipottimet, onpa kerrassaan kuvaava nimi.

K. Kettunen: – Käviköhän tässä nyt niin, että osuit kerralla napakymppiin? Voisitko, Ryyd, taas muodostaa meille esimerkkivirkkeen.

R. Ryyd: – Anteeksi, neiti hyvä, mutta silmälasikoteloni taisi jäädä vasemman viipottimenne alle.

K. Kettunen: – Jaa että mitenkä oli?

R. Ryyd: – Niin että silmälasikotelo.

K. Kettunen: – Mutta miten se voi jäädä viipottimen alle? Voisitko hieman avata tätä tilannetta?

R. Ryyd: – No jos vaikka pysähtyy sellaisen pienen muurin kohdalle, siis sellaisen joka usein reunustaa kaupunkialueiden kukkaistutuksia, ja rupeaa kiristämään kengännauhojaan. Silloin on tapana laittaa silmälasikotelo sille samaiselle muurille odottamaan, jolloin on todellinen vaara, että joku epähuomiossa laskee jommankumman viipottimistaan kotelon päälle.

O. Ala-Junttila: – Nyt en kyllä minäkään ymmärrä. Siis polvistuuko tämä ihminen siihen eräänlaiseen rukousasentoon, kun viipottimet ovat vasten muuria?

R. Ryyd: – Ei vaan hän istuu.

K. Kettunen: – Voisitko sinä nyt ihan vanhoja termejä käyttäen kertoa meille, mitä ruumiinosasta pidät viipottimena?

R. Ryyd: – No johan nyt on. Ei kai tässä sitten muukaan auta. Nyt minä sanon sen sanan, kohta se tulee ulos minun suustani. Varokaa. Pyllynposki.

O. Ala-Junttila: – Ei, ei se ole viipotin.

R. Ryyd: – Mutta vasemmalle ja pohjoiseen?

K. Kettunen: – Nyt lienee kuulkaa paras, että hankimme jonkinlaisia havainnekuvia, jotta tämänkaltaiset väärinymmärrykset eivät pääse toistumaan. Jos minä käyn alakerrassa tulostamassa, selvitelkää te kaksi, voisiko tänne tilata lounasta. On arvatenkin hyvä aterioida välillä, sillä meillä taitaa olla pitkä päivä edessä.

Työ tummanruskeassa huoneessa jatkuu vielä useita tunteja, mutta jo seuraavalla viikolla voidaan julkistaa ja alkaa käyttää uusia termejä. Vain aika näyttää, millaisia vaikutuksia niillä on Suomen syntyvyystilastoihin.

KOIRAUNELMIA

Perin pohjin myllätystä sängystä kömpii esiin tyytyväisen oloinen, toiveikkaasti hymyilevä miesolento. Ikää tuolla miehellä voidaan ulkonäöllisten piirteiden perusteella arvella olevan 35 - 40 vuotta – ellei sitten jokin elämäntapoihin liittyvä erityispiirre ole aiheuttanut vanhenemisprosessin ennenaikaistumista.

Tokihan asia voi olla myös toisinpäin. Onhan tuo mies voinut valinnoillaan ja elämäntaparatkaisuillaan edesauttaa sitä, että hänen ulkonäkönsä harhauttaa jokaisen ikäarvelijan antamaan todellisuutta pienempiä veikkauslukemia. Ulkoasulliset piirteet voivat olla petollisia moneen suuntaan. Kerrottakoon nyt heti, että tämä mies näyttää kutakuinkin itsensä ikäiseltä, sillä hän on juuri edelliskesänä viettänyt 38-vuotissyntymäpäiväjuhliaan.

Kuka tämä mies nyt sitten on? Hänen nimensä on M. Räsänen, ja hän on alempi toimihenkilö eräässä kunnallishallinnollisessa virastossa. Jälkimmäisenä mainitun seikan todentamiseen tarvitaan vain yksi toimiva hajuaistimuselin. Se joka vie nenänsä hänen lähelleen ja nuuhkaisee oikein kunnolla, saa sierainaukkoihinsa mappirivistöjen ja vihreäruutuisella kankaalla verhottujen huonekalujen tympeän hajupinnoitteen.

Entäpä ulkonäkö? Sellainen M. Räsäsellä tosiaan on, ja millainen se onkaan! Vartalossa yleisesti rehevää luonnonpyöreyttä. Uumanseutu on selväpiirteinen, samoin epäkäslihakset, jotka kohoavat miellyttävällä tavalla selkätasanteesta. Sen sijaan pohkeet ovat muuhun vartalonmuodostumaan nähden hoikat ja sangen kaukana toisistaan. M. Räsäsellä on lisäksi kaulansa jatkeena ikään kuin kaksi päätä, tai pikemminkin pitäisi kai sanoa, että hänen päänsä koostuu kahdesta pallomaisesta muodosta, jotka ovat sulautuneet valtaosin yhteen. Pienempi päistä on edessä ja pitää sisällään kokonaispään kasvo-osan. Suurempi taas sijoittuu taakse sisältäen lyhyeksi leikatun hiusosan, molemmat korvat sekä takaraivon, joka on poimuilla kuin koiran otsa. Kenties tarkimman mielikuvan tästä erikoisesta päänmuodosta saa, kun kuvittelee pöydällä kyljellään lepäävän sitruunan (takapää), jonka päälle on aseteltu noin viidesosa limehedelmästä (etupää). Toki kokoluokka on tässä kuvitelmassa liian pieni, sillä niin erikoinen ei ole edes M. Räsäsen pää, että se olisi sitrushedelmän kokoinen.

Käydään vielä nopeasti läpi kasvojen tärkeimmät piirteet. Voidaan vailla ilkeyden häivääkään todeta, että sängystä on noussut ylös itsevarmalla tavalla rumankomea mies. Silmät ovat pienimustuaiset, jollain tavalla haaveilevat. Leukaan on kerääntynyt huomattavaa savolaisuutta, ja huulet ovat kuin kansantaiteilijalla, sellaiset savuketta odottavat. M. Räsäsen kulmakarvat taipuvat ulkoreunoiltaan voimakkaasti alaspäin ja luovat kasvoille surumielisen vaikutelman. Kuitenkin samaan aikaan hänen katseessaan on alkuvoimaista julkeutta, jonka täytyy aiheuttaa levottomuutta kanssaihmisissä.

Usein ihmisen ulkonäöstä voi tehdä alustavia ja monesti varsin paikkansapitäviäkin päätelmiä koskien hänen luonteenpiirteitään. Kun esimerkiksi katsoo, että onpas tuossa huumorintajuisen näköinen tyyppi, niin eiköhän kaveri kohta lausahdakin jotakin peräti erikoislaatuisen hauskaa. Näinpä voi helposti ajatella, että M. Räsänen on ulkonäkönsä vuoksi myös luonteeltaan jotenkin rujo tai vähintäänkin kummallinen, mutta tällaisen päätelmän tekijä osuu harhaan, ja pahasti osuukin. M. Räsänen on nimittäin luonteeltaan pikemminkin leikkisä, ystävällinen ja avulias. Vähän sellainen yksineläjä ja haaveilijahan hän on, mutta sellaisiakin yhteiskunta tarvitsee.

Edellä mainittuun leikillismieliseen haaveilutaipumukseen sisältyy kuitenkin myös ongelmia. On nimittäin niin, että virasto, jossa M. Räsänen työskentelee alempana toimihenkilönä, on linjannut toimintansa luonteen enemmänkin vakavamieliseksi kuin leikkisäksi. Siispä M. Räsänen joutuu arjessaan jatkuvasti suitsimaan omaa käyttäytymistään. Virastossa asioineilta on tullut valituksia liian kepeämielisestä sanailusta – tai näin M. Räsäselle on kerrottu. Hän ei tosin sulje pois sitäkään mahdollisuutta, että valitukset ovat tosiasiassa peräisin kateellisluonteisilta työtovereilta, mutta asiaa on hankala todistaa. Joka tapauksessa M. Räsäsen täytyy töissään esittää hänelle kovin huonosti sopivaa roolia, ja tilanne on hiljalleen ruvennut häiritsemään hänen henkistä tasapainoaan. Tuntuu kuin jatkuvan teeskentelyn myötä hän olisi kadottamassa jotain hyvin olennaista alkuperäisestä ajatusmaailmastaan ja samalla ison palan siitä, mitä hän on.

Mutta nyt on viikon mittaisen talviloman ensimmäinen päivä, ja se onkin syy edellä mainittuun toiveikkaaseen hymyyn, joka kohottaa M. Räsäsen poskenpäät ylöspäin ja litistää silmät kimalteleviksi viiruiksi. Nyt saa taas kuvitella aivan rauhassa ihan mitä vain ja päästää suustaan puolileikillisiä ajatusrakennelmia, sillä viraston nulju väki ei ole niitä kuulemassa ja arvostelemassa. M. Räsänen uskoo tai ainakin toivoo tai vähintään pyrkii vakuuttelemaan itselleen, että kun loma-aikoina päästää kuvitelmat valloilleen ja muutenkin käyttäytyy korostetun leikkisästi, yhteys omaan itseen saattaa juuri ja juuri säilyä.

Sitten vain toimeen! Aamukahvi löräytetään kuppiin ja kuppi kädessä astellaan ympäri asuntoa ja kurkistellaan ikkunoista mahdollisia inspiraatioelementtejä hakien. Keittiön ja makuuhuoneen ikkunat osoittavat itään, mutta niistä avautuu vain sangen vähäelementtinen näkymä naapuritaloyhtiön pihalle, joka on nyt lumen peitossa. Siispä kierto olohuoneeseen ja uusi kurkistus. Tällä kertaa näkyvissä on muutamia kohteita: talonmies harjaa rappukivetystä puhtaaksi, tienviertä reunustavaan lumipenkkaan on pudonnut jotain tummaa, kenties lapanen, ja läheiseen puistoon on yritetty rakentaa lumiukkoa, mutta vatsaa esittävä keskipallo on hajonnut, kukaties nostovaiheessa.

M. Räsänen kääntyy ikkunasta ja yrittää rakentaa äskeisestä näkymästä oikein herkullista kuvitelmaa. Kieli muljuaa huulien pinnoilla ja pää keikkuu kuin kukolla, mutta mitään ei tapahdu. Ei tule herkullista kuvitelmaa, ei edes minkäänlaista, se on M. Räsäsen myönnettävä itselleen. Sen sijaan saapuu pelottava ajatus, sama ikävä tuuma, joka on ennenkin tehnyt vierailuja tähän kohteeseen. Aiemmin M. Räsänen on pahantuulisesti huiskien hätistänyt sen pois, mutta pitäisikö se nyt ottaa vastaan ja tarkastella sitä kylmän rehellisesti? Pitäisikö pohtia oikein vakavasti sitä mahdollisuutta, että ryppyotsainen työ tympeässä virastossa on vienyt häneltä kyvyn kuvitella?

– Ei hemmetissä! M. Räsänen puuskahtaa. Hän istuutuu lukutuoliinsa ja rupeaa ponnistamaan, ikään kuin synnyttämään kuvitelmaa. Hän puuskuttaa, tuhisee ja tuijottaa hurjasti eteenpäin. Pääosin istuen mutta välillä puoliseisovaan asentoon hypäten ja siitä taas istuma-asentoon laskeutuen hän alkaa takoa rintakehäänsä, josta kuuluu kumea ääni.

– No-ni, no-ni! hän murahtelee houkutellakseen kuvitelman esiin. Mutta mitään ei tapahdu. Hän vain hengästyy hieman.

Sitten ulkoa alkaa kuulua jotakin tavanomaisesta poikkeavaa. Ääni pitää sisällään korkeaa vikinää, keskimatalaa murinaa ja jostain syvältä kumpuavaa jylähtelyä. M. Räsänen painaa päänsä ikkunalasia vasten ja katsoo. Leikkipuistossa kolme koiraa juoksee löyhässä jonomuodostelmassa halkaisijaltaan noin kymmenmetristä ympyrää. Etummaisella koiralla on suussaan musta nahkakinnas, mutta se pudottaa sen, jolloin jonossa keskimmäisenä ollut koira nappaa kintaan suuhunsa ja lähtee juoksemaan vastakkaiseen suuntaan. Kaksi muuta

koiraa alkaa välittömästi jahdata sitä erilaisia koi-
raäännähdyksiä päästellen. Kohta putoaa kinnas
kantajansa suusta ja taas vaihtuu jahdattava ja sa-
malla myös jonon kiertosuunta.

Talonmies ja pyörää taluttava nainen, jota M. Rä-
sänen epäilee koirien omistajaksi, seuraavat tätä
näytöstä. Kehonkielestä voi päätellä, että nainen on
huvittunut, mutta talonmies vaikuttaa jotenkin jän-
nittyneeltä. M. Räsänen suuntaa katseensa takaisin
koiriin. Hän ei tunne erilaisia koirarotuja kovin-
kaan hyvin, ja juuri siksi koirien ulkonäölliset erot
saavat hänet mietteliääksi. Voiko tosiaan olla niin,
että tuo tällä hetkellä lapasta kuljettava koira, joka
on isohkon koripallotossun kokoinen ja hieman sen
näköinenkin, edustaa samaa eläinlajia kuin sitä jah-
taava otus, joka kuuluu pikemminkin ponin tai niin
kutsutun tossumopon kokoluokkaan?

Ajatus tuntuu M. Räsäsestä jotenkin erikoiselta,
sillä jos edellä mainittu pohdinta pitää paikkansa –
ja mitä todennäköisimminhän se pitää – niin mikä
on kunkin koiran tarkoitus? Miksi on siis nähty
kaikki se vaiva, jotta on saatu jalostettua A) valtai-
san pieni, valkokarvainen koira, B) keskikokoinen,
kinuskikastikkeen värinen koira, jolla on pitkähkö
karvoitus ja C) harmaa jättiläinen, jonka karva on
niin lyhyttä, että se voisi yhtä hyvin olla karvaton?

Miellyttäviä ajatuksia, miellyttäviä kerrassaan, ja
niistä on vain ihan lyhyt matka vielä miellyttäväm-
piin kuvitelmiin. M. Räsänen ahnehtii pihan koira-
näytöstä silmillään. Lapanen on jälleen pienimmän
koiran suussa, ja koirat säntäilevät lumeen muo-
dostuneessa juoksuympyrässä innostuneesti ään-
telehtien. Mutta nyt! Nyt tapahtuu jotakin rutiinit

rikkovaa. Kinuskikastikkeen värinen koira nappaa
lapasen pienen koiran suusta, hylkää juoksuympy-
rän ja lähtee ravaamaan pitkin puistoa halkovaa
kolausuraa anturat lunta pöllyttäen. Vauhti on hir-
muinen, ja takaa-ajoon lähteneet koiraveljekset –
niin, jostain syystä M. Räsänen ajattelee, että kysei-
set koirat ovat poikia – jäävät jälkeen jokaisella
juoksuaskelella, kunnes ne luovuttavat.

M. Räsänen ei näe enää, miten kintaan omista-
juussuhteet lopulta ratkaistaan pyörää taluttavan
naisen, talonmiehen ja kolmen koiran kesken, sillä
hänen katseensa kääntyy ikään kuin aivojen suun-
taan. Esikuvitelma eli eräänlainen kuvitelman sie-
men on syntynyt. M. Räsänen kuvittelee kinuski-
kastikkeen värisen koiran 100 metrin kilpajuoksun
lähtötelineiden tuntumaan. Koiralla on rinnassaan
numerolappu (4), ja muilla juoksuradoilla jalkojaan
hytkyttelee seitsemän ihmisjuoksijaa. Mukana ovat
kaikki maailman huiput, myös jamaikalaiset ja Yh-
dysvaltain edustajat. Kuuluttaja esittelee kilpailijat,
ja tv-kuvaaja pysähtyy kameransa kanssa kunkin
kohdalle vuorollaan. Moni vilkuttaa, joku vekku-
limpi iskee silmää, mutta koiramme, niin, se lä-
hinnä läähättää vaaraton ilme kasvoillaan.

Lähettäjä komentaa juoksijat telineisiin ja siitä
valmiusasentoon. Koira ei osaa englantia, joten hä-
nellä on mukanaan ihmisavustaja, joka kääntää lä-
hettäjän puheen koiralle suomeksi. Aivan totta,
koira edustaa tosiaankin Suomea, ja kun M. Räsä-
nen oikein kuvittelee, on koiralla itse asiassa pääs-
sään Suomen kisajoukkueen edustuslippahattu.
Avustajan ohjeiden mukaisesti koira painaa kuo-
nonsa liki juoksurataa ja kohottaa hieman

118

peräpäätään. Kuuluu lähtölaukaus, ja miehet ja koira ampaisevat liikkeelle. Ensimmäisten metrien aikana koira jää hieman pääjoukosta, mutta kun saavutaan puolimatkan krouviin, on se ottanut jo sievoisen etumatkan. Voittajana koira myös rynnistää maaliviivan yli.

Tässä kohtaa M. Räsänen keskeyttää kuvittelun. Hän tekee tämän täysin tietoisesti, sillä nyt on löytynyt kuvitelmille niin ihana aihio ja rakennuspohja, ettei sitä tule tärvellä hätiköimällä. On pikemminkin syytä lähestyä koiraurheiluasiaa mahdollisimman monesta näkökulmasta, valita näistä herkullisimmat ja kehittää niitä lähipäivien aikana. Mitä nämä näkökulmat sitten ovat? Sitä M. Räsänen ei vielä tiedä. Kuitenkin yhdestä asiasta hän on jo lähes varma: Ennen kuin lomaviikko on ohi, täytyy kuvitella lisää koiria. Täytyy kuvitella niin mahdottoman paljon koiria!

Niinpä alkaa kuvittelu-urakka. Kuivamustekynällä M. Räsänen piirtää ruutupaperin keskelle pallon, jonka sisälle hän kirjoittaa tekstin *Koirat ja urheilu*. Seuraavien tuntien aikana tämän niin sanotun aloituspallon ympärille rakentuu kattava miellekartta kyseessä olevasta aiheesta. Urakan päätyttyä liki tauotta työskennellyt M. Räsänen juo vihreää teetä ja tarkastelee tuotostaan. Hän on näkemäänsä tyytyväinen, mutta miellekartan laajuus huolestuttaa häntä.

Koska kuvitteluaikaa on käytössä vain viikko, on miltei pakollista suorittaa jonkinasteista karsintatoimintaa. Yliviivauksen kohteeksi joutuvat muiden muassa seuraavat kohdat: *Koirat ja pesäpallo, Koirien hiihtokilpailut, Koirien voimaharjoittelu* ja

Koirien jääkiekko. Ylipäätään kaikki joukkueurheiluun liittyvä karsiutuu pois, sillä M. Räsäsen on – vaikka hän kuvittelija onkin – hankala kuvitella koiria toimimassa urheilujoukkueen kaltaisena yksikkönä.

Karsintatoimien jälkeenkin on M. Räsäsellä paperillaan miellyttävän laaja määrä näkökulmia koiraurheiluasiaan. Vaikka päivä on ollut jo työntäyteinen, ei hän malta olla poimimatta yhtä kuvitelmaa käsiteltäväksi ennen levolle menoa.

Tässä vaiheessa lienee sopiva hetki avata hieman M. Räsäsen kuvitteluprosessia. Hyvänä vertauskuvana voidaan pitää videonauhuria, sillä sellaisen tavoin toimii M. Räsäsen kuvittelukeskus. Hän kuvittelee tilanteen, kelaa kuvitelmaa edestakaisin, arvioi sitä, antaa sille hyväksynnän, kuvittelee jatkon, ei ole tyytyväinen, kelaa taaksepäin, nauhoittaa edellisen päälle uudenlaisen jatko-osuuden ja suorittaa sille koekatselun. Ulkoapäin tarkasteluna prosessia on jännittävä seurata. Silmät suljettuina M. Räsänen hörähtelee, hihittää, jupisee jotain itsekseen, mutristaa suutaan ja pitää muutenkin kasvoillaan yllä eloisaa ilmeleikkiä. Kädet puristuvat välillä puolinyrkeiksi. Kun kuvitelma on valmis, M. Räsänen ikään kuin rentoutuu, nojaa taaksepäin ja katsoo valmiin tuotoksen typerän onnellinen virne kasvoillaan.

Edellä mainitun kaltainen on näkymä myös nyt, kun M. Räsänen kuvittelee koiraolympialaisten avajaistilaisuuden kulkua. Kuvitelma pitää sisällään muun muassa seuraavat yksityiskohdat: Koiraliiton puheenjohtaja saapuu stadionille torvisoiton säestämänä. Hän on lihava ja ruttunahkainen bulldoggi, ja hän on pukenut päälleen eräänlaisen frakin. Päässään hänellä on silinterihattu, ja vasemmassa silmässä monokkeli korostaa hänen arvovaltaansa. Puheenjohtaja nousee korokkeelle, joka muistuttaa jättiläismäistä puruluuta, ja läähättää avajaispuheen. Tälle ohjelmanumerolle koirakansa – katsojat ovat siis kaikki koiria – ulvahtelee kannustavaan sävyyn. Yleisö hiljenee vasta, kun kaiuttimista kajahtavat koirakansan hymnin, Armum separationiksen, ensimmäiset sävelet. Hymnin soidessa on aikaa tarkastella itse stadionrakennelmaa. Pääpiirteiltään se muistuttaa ihmisten urheilustadionia, mutta muutama asia herättää katsojan erityishuomion. Stadionia ympäröivän katoksen ulkoreunalla on vieri vieressä kivisiä koiranpääpatsaita. Nämä gargoilityyppiset veistokset tuijottavat jylhinä kohti urheilukenttää, ja edustettuina ovat kaikki vähänkin yleisemmät koirarodut. Lisäksi juoksuradan ja nurmialueen väliselle kaistaleelle on pystytetty noin kolmen metrin välein keltaisia, yhdysvaltalaistyyppisiä vesiposteja. Mitä ilmeisimmin ne toimivat eräänlaisia virtsanpäästöpaikan merkkipaaluina.

Myhäillen M. Räsänen tarkastelee luomustaan, kunnes saa kyllikseen ja nousee ylös. Hän suorittaa iltatoimet ja menee odottavin mielin nukkumaan. Huomenna on edessä jännittävä päivä.

Helmikuinen aamu on vielä mieluummin pimeä kuin edes hämärä, kun M. Räsänen nostaa potkukelkkansa pihalle taloyhtiön pyörävarastosta. Hän on täynnä odotusta ja intoa. Tästä osoituksena on pipokin hieman vinossa siten, että karhua muistuttava brodeeraus osoittaa kello kymmeneen, kun tarkastellaan pipon asentoa ylhäältäpäin ja nenä näyttää kello kahtatoista. Tällä seikalla ei ole kuitenkaan juuri merkitystä, sillä liikkeellä on sangen vähän ihmisiä.

M. Räsänen potkuttelee puolikipakassa pakkasaamussa tuttua metsäpolkureittiä kohti kirjastoa. Perille hän saapuu siinä määrin etuajassa, ettei kirjaston sisällä näy vielä elonmerkkejä. Aikaa kuluttaakseen M. Räsänen rupeaa kiertämään potkurillaan kirjaston, päiväkodin ja nuorisokeskuksen muodostamaa rakennusta. Seitsemännen kierroksensa päätteeksi hän havaitsee liikettä kirjaston sisällä, mutta kymmenen ratakierrosta ehtii täyttyä, ennen kuin ovet avataan. M. Räsänen kiertää varmuuden vuoksi vielä yhden sakkokierroksen, jottei vaikuttaisi liian innokkaalta.

M. Räsänen etsiytyy koirakirjaosastolle ja sormellaan kirjojen selkämyksiä selaten alkaa hakea lupaavimman oloisia teoksia. Puolen tunnin selailun, tarkastelun ja harkinnan jälkeen seuraavat kolme kirjaa päätyvät nurkkapöydälle, jonka M. Räsänen on varannut työskentelytilakseen: Simo-Ilja Ryynänen – Iijokilaakson koirahistoriaa, Filippa Pietilä – Man aldrig sover i hundkaravan sekä Alpo Lappalainen – Suuri rotuatlas.

Alkaa jännittävä tutkimustyö. M. Räsänen huomaa ilokseen, että pöytään on kiinnitetty vihreäkupuinen kirjastovalaisin, juuri sellainen, joita näkee yhdysvaltalaisissa elokuvissa. Kirjoja lukiessaan hän tuntee itsensä suureksi tutkijaksi ja vaikutelmaa tehostaakseen hän mutisee puoliääneen itse keksimiään koirarotujen latinankielisiä nimiä samalla otsaansa hieroen:

– Suomenpystykorva, Canis familiaris fennia, niinpä niin. Chihuahua, Canis familiaris mikromalis. Tanskandoggi, Canis familiaris gigantum rex. Ja buldoggi, mikäs se nyt sitten olikaan? Canis familiaris geriatrum ansiktum. Aivan oikein.

Mikä on sitten tämän kirjastovierailun perimmäinen tarkoitus? M. Räsäselle on syntynyt ajatus täydellisen tasapainoisesta koiraurheilijasta, eräänlaisesta koiramaailman vastineesta ihmisten seitsen- tai kymmenottelijalle. Tarkoituksena onkin luoda siitoskaavio, jonka alimmalla rivillä tämä edellä mainittu koiraurheilun jalo edustaja ylvästelee.

Täydellisellä koiraurheilijalla on M. Räsäselle syntyneen näkemyksen mukaan neljä hyvin korkealle kohonnutta perusominaisuutta: voima, nopeus, viekkaus ja isänmaallisuus. Voimaa edustamaan hän valitsee mastiffin ja rottweilerin. Englanninvinttikoira ja afgaaninvinttikoira – joista jälkimmäinen on koirakirjan kuvien perusteella edellispäivänä nähdyn kinuskikastikkeen värisen koiran rotu – valitaan nopeiksi koiriksi. Viekkaiksi koiriksi M. Räsänen ottaa bordercollien ja labradorinnoutajan. Isänmaallisia ovat tietenkin karjalankarhukoira ja suomenpystykorva.

M. Räsäsen siitoskaaviossa voimakkaat koirat rakastelevat keskenään, sillä vain erityisen vahvarakenteinen koira voi kestää toisen samanlaisen lisääntymisliikehdinnän. Samoin isänmaalliset koirat hoitavat pentujen tuottamiseen liittyvät toimenpiteet kahdestaan, jottei urheilijalle niin kovin tärkeä isänmaallisuus pääse väljähtymään jo heti ensimmäisellä siitoskierroksella.

Pitkään M. Räsänen pohtii, miten nopeista ja viekkaista koirista muodostetaan parhaat mahdolliset siitosparit. Hän käy ottamassa koirien kuvista valokopiot ja asettelee näitä kuvia paritteluasentoihin. Mielikuvaa elävöittääkseen hän ikään kuin täristelee päällekkäin asteltuja koirahahmoja. Näin syntyykin vahva näkemys siitä, mitkä koirat kannattaa parittaa keskenään.

Hiljalleen rakentuu siitoskaavio kärjellään seisovan kolmion muotoonsa. Lopulta alimmalla rivillä on enää yksi koira, täydellinen koiraurheilijan ruumiillistuma, joka on sopivassa suhteessa isänmaallinen, viekas, nopea ja voimakas. Oikea koirasultaani. Pitkään M. Räsänen yrittää hahmottaa mielessään tämän koiravalion ulkonäköä. Jostain syystä hänelle syntyy vahva mielikuva siitä, että koirassa olisi merkittävä määrä kamelin piirteitä, kenties jopa aavistuksenomaiset kyttyrät selkäpuolella.

Ihmeellinen on luonto, toteaa M. Räsänen itsekseen ja alkaa kirjoittaa koirankasvattajille saatekirjettä. Siinä hän taustoittaa kaaviossa tekemiään valintoja ja ehdottaa yhteistyön aloittamista mahdollisimman pikaisesti. Kamelimaisista piirteistä hän katsoo viisaimmaksi vaieta – ainakin toistaiseksi.

– Huhhuh, olipahan homma, M. Räsänen huokaa ja huomaa samalla, että kirjastonhoitaja on ilmestynyt hänen taakseen.

– Niin tuota. Minä vain, no, tällaista koirakaaviota. Sitä minä vain, M. Räsänen selittää hämillisesti hörähdellen.

Kirjastonhoitaja silmäilee kaaviota kiinnostuneen oloisena ja peittää vasemmalla kämmenellään hymyyn kaartuneen suunsa. M. Räsänen huomaa tämän, säikähtää, peittää kaavion valokopiopaperilla ja tiedustelee, onko kirjastossa faksilaitetta. Sellainen löytyy, ja kirjastonhoitaja auttaa M. Räsästä lähettämään kaavion saatekirjeineen lähikenneleihin, joiden numerot ensin etsitään puhelinluettelon keltaisilta sivuilta.

Faksilaitteen suristellessa papereita sisäänsä on kirjastonhoitajalla tilaisuus tutkia kaaviota tarkemmin. Nähdessään M. Räsäsen lyijykynällä luonnostelemat koirahahmot hän ei mahda itselleen mitään vaan alkaa hihittää. M. Räsänen vastaa hihitykseen, ihan vain seuran vuoksi. Molemmat taitavat hieman ihastua toisiinsa.

Ennen lähtöään M. Räsänen pyytää kirjastonhoitajaa ottamaan talteen mahdolliset vastaukset kenneleiden edustajilta. Tämä lupaa tehdä näin, ja huojentunein mielin aloittaa koirakuvittelija kotimatkansa.

Tällaisissa merkeissä kuluu M. Räsäsen viikko. Lienee hyvä nostaa esiin eräs yksittäinen kuvitteluhetki, joka tunne-elämisensä voimakkuuden vuoksi ansaitsee erityismaininnan. M. Räsänen kuvittelee vanhan, jo hieman harmaantuneen koiraurheilijan. On alkamassa hänen uransa viimeinen kilpailu, 3000 metrin estejuoksu. Asetelma on kaikille urheiludraaman seuraajille niin kovin tuttu: nyt tai sitten ei koskaan.

Lähtölaukaus kajahtaa, ja koiravanhus lähtee itsevarmasti johtamaan joukkiota. Ensimmäinen kierros sujuu ongelmitta, mutta sitten tullaan toisen kerran vesiesteelle. Koiramme loikkaa esteen yli, ja jo tässä vaiheessa tarkkaavaisimmat katsojat huomaavat, ettei kaikki ole kunnossa. Hyppy on jotenkin ponneton, ja koiran kasvoilla käväisee huolestunut ilme. Silti hän nousee vesihaudasta vielä johtoasemassa, mutta sitten, voi voi. Sitten vasen takajalka pettää. Itsepäisesti koira nilkuttaa eteenpäin, ja muut ohittavat hänet. Lopulta ei auta kuin antautua, kaatua kuono vasten auringon kuumentamaa mondoa.

Ensiapuryhmä kantaa koiran paareilla varjoon. Keskeytyksen syypääksi voidaan todeta vanha akillesjännevamma. Se sama kiusanhenki, joka esti osallistumisen Los Pacosin leirille edellistalvena.

Yleisradion tv-kamera tuodaan paikalle. On aika antaa viimeinen haastattelu. Silmät kosteina tuo harmaakuono nieleskelee ja vastaa kysymyksiin paksulla, tukahtuneella äänellä samalla haastattelijan katsetta vältellen. Myös M. Räsäsen suljettujen silmäluomien reunoihin alkaa muodostua kyyneliä. Kun tv-kuvaan ilmestyy teksti *Nestorin joutsenlaulu*, rupeaa M. Räsänen itkemään vailla estoja. Itku on samaan aikaan lohdutonta ja lohduttavaa, hytkyvää, nytkyvää ja nyyhkyttävää.

Kuvitelman jälkeen M. Räsäsellä on monella tasolla puhdistunut olo. Sanotaanhan, että itkeminen puhdistaa. Myös kuvitteluviikko kokonaisuudessaan osoittautuu virkistäväksi ja voimaannuttavaksi kokemukseksi. Kun loma on ohi, avaa kunnallishallinnollisen viraston alaoven kirkaskatseinen ja sisäisesti hymyilevä alempi toimihenkilö. Voidaan todeta, että hän on löytänyt itsensä jälleen.

Niin sanottuna jälkikirjoituksena mainittakoon, että M. Räsänen vierailee tulevien viikkojen ja kuukausien aikana lukuisia kertoja lähikirjastossaan kysymässä, mikä on kennelfaksien tilanne. Lieneekö sattumaa, että nämä vierailut ajoittuvat aina sellaisiin hetkiin, kun eräs tietty kirjastonhoitaja on työvuorossa. Oli miten oli, mutta vastausfakseja ei näy. Sinnikkäästi ja toiveikkain mielin menevät M. Räsänen ja kirjastonhoitaja kuitenkin aina yhdessä tuijottamaan faksilaitetta. Eihän voida tietää, milloin vastaus tulee. Toisinaan nämä tuijotteluhetket venyvät pitkiksikin, mutta yhtä kaikki ne tuntuvat joka kerta molemmista miellyttävällä tavalla juuri sopivan mittaisilta.

PÄÄVALMENTAJAN
PROTESTI

WC-tilaan lukittautunut päävalmentaja Rolf-Eero Romppainen säätää veden valumaan kylmänä ja kauhoo sitä kämmenillä kasvoilleen. Seuraa vakavaa tuijottelua vettä valuvan peilikuvan kanssa. Romppainen on iältään hieman määritelmästä riippuen joko nuori aikuinen tai jo keski-ikäinen, ulkoasultaan tummakarvainen ja pitkähkö. Ulkonäössä voidaan nähdä iltamaviihdyttäjän sekä nuorisopastorin piirteitä.

On alkamassa ottelun viimeinen erä, se josta Romppainen ja koko joukkue tullaan muistamaan vielä pitkään. Romppaisen perintö suomalaiselle jääkiekkoilulle.

Kun ollaan näin isojen asioiden äärellä, ei ole ihme, että Romppainen suorastaan pursuaa jännityksen merkkejä. Hengitys on puuskuttavaa kuin ennätysyritykseen valmistautuvalla vapaasukeltajalla tai raskaan sarjan nyrkkeilijällä hänen ottaessaan kallokopallaan vastaan jo erän kolmannen aivosoluja värisyttävän iskusarjan. Romppaisen kädet ja jalat toistavat hermostuneita liikeratoja. Näyttää aivan siltä kuin hän olisi antautunut jonkin modernin tanssin valtaan. Mutta tämä on vain

Romppaisen keino purkaa jännitys liike-energian muotoon.

Pukuhuoneessa pelaajat odottavat valmentajaansa saapuvaksi. Kysyviä katseita luodaan kohti ovea, jonka Romppainen on muutama minuutti aiemmin sulkenut perässään. Kelloakin katsellaan. Kohta pitää olla taas jäällä.

Kun Romppainen astuu pukuhuoneen puolelle, ovat kaikki jännityksen merkit poissa. Hän on rento, itsevarma ja vakuuttava. Raikaskin. Juuri sellainen, jollaisena pelaajat haluavat hänet nähdä. Kun hän alkaa puhua, hiljentyy pelaajista jokainen ja tuijottaa silmäpari kovana valmentajaansa imien tämän sanomasta ja ohjeista pienimmänkin merkityshiukkasen kypäränsä alle.

Pukuhuone jylisee. Romppaisen puheäänessä on samanlaista voimaa kuin 2000-luvun alun suurkonsulttipuhujilla. Hän käy vielä kertaalleen läpi pelisuunnitelman. Joukkue on toki opiskellut ja harjoitellut tätä viimeisen erän pelikirjaa jo muutaman päivän ajan, mutta niin erikoislaatuinen se on, ettei mitään voi jättää sattuman varaan.

Ovelta tullaan sanomaan, että nyt pitäisi lähteä siirtymään kaukaloon. Noustaan ylös. Totisena ja miltei tunteellisena jonona joukkue taivaltaa pitkän käytävän läpi ja istuutuu ykkösketjua lukuun ottamatta vaihtopenkille. Vaikka yleensä on tapana sanoa, että Suomen ja toki minkä tahansa muunkin maan jääkiekkomaajoukkue pelaa isänmaalleen ja kannattajilleen, tulevan erän pelikuviot on omistettu yksinomaan päävalmentaja Rolf-Eero Romppaiselle.

Ulkopuolinen tarkkailija saattaisi toki ihmetellä edellä mainitun kaltaista omistautumista valmentajalle, ja voisipa joku pitää sitä jopa typeränä henkilönpalvontana, mutta joukkueen pelaajien näkökulma tilanteeseen on tyystin toisenlainen. Ensinnäkin Rolf-Eero Romppainen on valmentajana poikkeuksellisen pidetty persoona. Hyvä häiskä ja reilu sälli, kuten maalivahti Jurmula tapaa sanoa. Lisäksi joukkueen tie MM-kisoihin on ollut alusta saakka poikkeuksellisen kivikkoinen. Jo talvella Pohjois-Amerikan vahvistukset ovat yksi toisensa jälkeen kieltäytyneet kisapassileimasta moninaisiin tekosyihin vedoten. Kotimaan ja Venäjän kärkikiekkoilijamme ovat seuranneet esimerkkiä, eivätkä heidän selityksensä ole olleet yhtään sen uskottavampia kuin valtameren takana kiekkoilevilla tovereillaan.

Rolf-Eero ei ole voinut kuin hymyillä kieltäytymisviestejä lukiessaan. Vaikka itse ilmiö on toki harmittanut häntä, on hänen ollut pakko antaa erikoistunnustusta näille kiekkourhoille raikkaasta mielikuvituksen käytöstä. Lopullisen edustusjoukkueen pelaajat on päädytty haalimaan alasarjoista ja useista puulaakiseuroista. Kiitollisina ovat nämä tuntemattomuuteen turtuneet pelaajat ottaneet vastaan mahdollisuuden esiintyä kansainvälisillä kiekkoareenoilla, ja näin on joukkue hitsautunut valmentajalleen poikkeuksellisen voimallisesti omistautuneeksi ihmisryhmittymäksi.

Mediaväki on jo harjoitusleirien aikaan tarmokkaasti haukkunut joukkuetta, ja oivallista kilpailukuntoa osoittaen on soimaaminen jatkunut heltiämättömästi läpi kisojen. Jäsenhakemukset arvostelijoiden kuoroon ovat lähettäneet myös valtakunnan äänekkäimmät somepersoonat sekä muutama jääkiekkoliiton edustaja. Hakemuksiin on viivyttelemättä painettu vihreällä kumileimasimella hyväksymismerkintä.

Rolf-Eero Romppaisen on toki myönnettävä, että kisat olisivat voineet Suomen joukkueen osalta mennä paremminkin. Kuusi ottelua ja kuusi tappiota. Saldo ei ole kehuttava, kun vastassa on ollut sellaisiakin jääkiekkomaita kuin Iso-Britannia ja Italia. Ja nyt turnauksen viimeisessä ottelussa on Suomea vastaan luistellut Mikronesian joukkue.

Aivan niin. Osana Kansainvälisen jääkiekkoliitto IIHF:n *Solidaarinen maapallo* -hanketta on Mikronesian saarivaltiolle myönnetty superjokerikortti eli mahdollisuus osallistua tämänvuotisiin jääkiekon maailmanmestaruuskilpailuihin. Jo pikainen katselmus pelaajien selkämyksiin paljastaa, että Merikilpikonnien (median antama nimi joukkueelle) pelaajisto koostuu lähes täysin ruotsalaistaustaisista kiekkoilijoista. Liekö asialla jonkinlainen yhteys siihen, että erään ruotsalaisen huonekaluvalmistajan puutavaratehdas sijaitsee yhdellä Mikronesian suurimmista saarista. Joukkueen maalivahti, taiteilijanimeltään Yapin Pelé, on sentään jo kuudennen polven mikronesialainen.

Ottelun kolmas ja viimeinen erä alkaa jännittävässä 0–0-tasatilanteessa. Suomi on pääosin hallinnut pelitapahtumia, mutta maalipaikoille ei ole syystä tai toisesta päästy vaan hyökkääjät ovat päätyneet pyörittelemään kiekkoa mikronesialaispäädyn kaukalonkulmiin. Torjuntojakin Yapin Pelélle on kertynyt kahdessa erässä vain viisi.

Nyt kiekkoa kontrolloi kuitenkin Mikronesian joukkue. Jonsson syöttää Janssonille. Kiekko takaisin Jonssonille. Pudotus Jönssönille, joka purjehtii suomalaispuolustajien välistä ja helpohkon oloisesti upottaa kiekon maalivahti Jurmulan selän taakse. Jönssönin johdolla Merikilpikonnat kokoontuvat juhlimaan turnauksen avausmaaliaan.

Ottelu vihelletään uudestaan käyntiin, ja pian heiluttaa kiekko taas Suomen maaliverkkoa. Tällä kertaa asialla ovat veljekset Berglund. On kulunut vain seitsemän minuuttia edellisestä, kun Mikronesia on tehnyt jo ottelun kolmannen (Sjöberg ja Lundgren) ja neljännen (Kennethson ja Bäckström) maalinsa.

Nyt pyytää Suomen jääkiekkomaajoukkueen päävalmentaja Rolf-Eero Romppainen aikalisän. Se on merkki pelaajille. Koko Suomen joukkue rynnistää jäälle, ja hämmästyneen jääkiekkoyleisön seuratessa pelaajat muodostavat viiden tai kuuden miehen rykelmiä. Pelaajat ottavat toisiaan harteista kiinni ja rupeavat pyörimään ympyrää. Näin syntyy jäälle ikään kuin neljä kukkasta, joista kaksi pyörii myötäpäivään ja kaksi vastapäivään. Näkymä on kuin muodostelmaluisteluesityksestä, ja kukkaset tanssivat koko aikalisän ajan.

Tuomari käy keskustelemassa tovin verran päävalmentaja Romppaisen kanssa, ennen kuin peli vihelletään taas käyntiin. Nyt ottaa Suomen joukkue hallinnan pelitapahtumista. Kiekkoa liu'utetaan keskiviivalta puolustajille ja sieltä takaisin keskiviivalle. Pelaajat vilkuilevat mediakuutiossa naksuttavaa kelloa.

Ajassa 53.00 nappaa Suomen joukkueen puolustaja Häyrylä kiekon lapansa päälle ja nostaa sen noin metrin korkeudelle niin kuin nostaa pohjoiskarjalainen leipuri lanttukukon leivinuunista. Häyrylän pakkipari Lötjönen kiihdyttää itselleen lyhyen vauhdin, laskeutuu korkeaan polviasentoon ja alkaa liukua kohti kiekkoa. Nyt nähdään täysin uusi taktinen kuvio jääkiekkoilun historiassa. Lötjönen aukaisee suunsa ammolleen ja nappaa kiekon hampaidensa väliin. Kiekko suussa hän lähtee porhaltamaan kohti Mikronesian puolustuspäätyä. Mutta! Ennen kuin Lötjönen ehtii sylkeä kiekon kohti maalia, on peli vihelletty poikki.

Tuomarinelikko kerääntyy toimitsija-aition eteen käsittelemään äsken nähtyä tilannetta. Jossain määrin tuomareiden työskentelyä häiritsee vaihtopenkillä seisomaan noussut Suomen joukkue, joka ilmeisesti jonkinlaisena vastalauseena kyseenalaista vihellystä kohtaan on ruvennut laulamaan *Nälkämaan laulua* kaksiäänisenä kuorona. Linjatuomari Desjardins käy sähähtämässä vihaisesti kuoronjohtaja Romppaiselle, joka vaivihkaisella käsimerkillään vaientaakin lauluorkesterin. Vaan tuskin ehtii linjatuomari luistella takaisin kollegoidensa luo, kun jo joululaulun *Heinillä härkien kaukalon* alkutahdit kajahtavat Suomen vaihtoaitiosta.

Päitään pyöritellen ja paheksuvasti Suomen aitiota pälyillen saattaa tuomarineuvosto työnsä loppuun. Jälleen joutuu päävalmentaja Romppainen puhuttelun kohteeksi, ja suusanallisten kurinpitotoimenpiteiden jälkeen peliä jatketaan Suomen puolustuspäädystä.

Suomi voittaa aloituksen, ja pelitapahtumat siirtyvät mikronesialaispäätyyn. Nyt kun kiekko on saatu kauas Suomen maalista, kutsuu päävalmentaja Romppainen maalivahti Jurmulan vaihtoaitioon. Kaukaloon luistelee kuudes kenttäpelaaja. On vuorossa jälleen uusi taktinen kuvio. Yksi kerrallaan Suomen pelaajat luistelevat takaisin puolustusalueelleen. Hyökkäämään jää ainoastaan eräs nopeajalkainen sentteri, joka luistelee kiekon kanssa ympyrää puutavaratehdastyöläisten jahdatessa häntä. Samaan aikaan Suomen puolustajakolmikko asettautuu vierekkäin jäälle konttausasentoon. Samanlaisen asennon ottavat myös molemmat laitahyökkääjät kiivettyään ensin edellä mainitun kolmikon päälle.

Päävalmentaja Romppainen päästää huulistaan kimakan vislauksen. Se on merkkiääni sentterille, joka lähtee kiekkoa edelleen kuljettaen siirtymään kohti Suomen puolustuspäätyä. Pelitoveriensa muodostaman lihasrakennelman kohdalla sentteri hidastaa vauhtiaan ja vippaa varovasti kiekon rakennelman sisään. Tämän jälkeen hän kiipeää istumaan laitahyökkääjien päälle ja nostaa kätensä kohti hallin kattoa.

Näin on Suomen joukkueen ihmispyramidi valmis ja kiekko turvallisesti suojassa jossain sen sisuksissa. Pyramidi lähtee kontaten matelemaan kohti Mikronesian puolustusaluetta. Mikronesialaispelaajat pyörivät pyramidin ympärillä kuin pillastuneet ampiaiset, mutta kovin hankala on estää Suomen joukkueen etenemistä, kun edes kiekon tarkkaa olinpaikkaa ei tunneta. Kysyvästi katselevatkin mikronesialaiset päätuomarin suuntaan, joka viheltää pelin poikki juuri, kun ihmispyramidi on ylittämässä keskiviivaa.

Ihmispyramidi puretaan, ja seuraa uusi tuomariston neuvonpito. Sitä ennen linjatuomari Desjardins käy Suomen vaihtoaition edessä kieltämässä kaikenlaiset laulutoimenpiteet.

– No singing this time.

Tuomarinelikon aloittaessa tapaus ihmispyramidin käsittelyn, alkaa Suomen vaihtoaitiosta kuulua erikoista sihinää ja tirinää. Kohta pöllähtää pelaajien seasta myös vaaleanharmaa savupilvi. Voidaan huomata, että Suomen joukkue on salakuljettanut aitioonsa nestekaasupullon, valurautapannun ja niin sanotun tohottimen. Pannu on kiilattu mailojen avulla vaihtopenkin ja kaukalonlaidan väliin, ja tohotin on suunnattu pikapuristimella kuumentamaan pannunpohjaa.

Ensimmäinen, pitsireunainen muurinpohjalettu valmistuu. Paistamisoperaatiota johtava maalivahti Jurmula jakaa letun viiteen osaan ja ojentaa kertakäyttölautasilla palasen kullekin ykkösketjun pelaajalle. Vaihtopenkille on nostettu kolme juomapulloa. Kahdesta vasemmanpuolimmaisesta kopistelevat lettupalan saaneet pelaajat herkkunsa päälle kidesokeria ja kuningatarhilloa. Kolmannesta kallistaa maalivahti Jurmula uuden annoksen lettutaikinaa muurinpohjapannulle, joka sihauttaa ilmaan vihaisen savupilven.

Nyt havahtuvat tuomaritkin Suomen joukkueen paistopuuhiin. Kasvot punoittaen ja paljolti toistensa päälle puhuen ohjeistavat kaikki neljä tuomaria yhdessä, millä tavalla ja kuinka nopeasti paistopiste olisi hyvä purkaa. Kun tuomareiden ehdottamat toimenpiteet on saatu jalkautettua käytäntöön, on aika kuulla tuomiot.

Ihmispyramidin rakentamisen katsoo tuomarineuvosto epäurheilijamaiseksi käytökseksi ja tuomitsee Suomelle kahden minuutin joukkuerangaistuksen. Sen menee istumaan rakennelman peruskivenä toiminut puolustuspelaaja. Niin ikään muurinpohjalettujen paistaminen on tuomarinelikon näkemyksen mukaan epäurheilijamaista käytöstä. Siispä kahden minuutin käytösrangaistus määrätään leipurimestari Jurmulalle.

Viimein ottelua päästään taas jatkamaan. Suomen joukkue pelaa alimiehityksellä ja edelleen ilman maalivahtia. Tästä huolimatta mikronesialaiset eivät onnistu ylivoimansa aikana maalinteossa, vaan peli on edelleen 4–0, kun joukkueet ovat jälleen täysilukuiset.

Peli siirtyy Suomen hyökkäysalueelle, ja pelikello näyttää aikaa 59.03, kun kiekko painuu ensimmäisen kerran Yapin Pelén vartioimaan maaliin. Viime hetken kavennusmaalia seuraa kaikkien aikojen tuuletus. Maalin tehneen kolmosketjun pelaajat asettautuvat peräkkäin eräänlaiseksi junaksi ja alkavat tsuksuttavaa ääntä pitäen kiertää kaukaloa. Toisen kierroksen jälkeen junan jatkoksi liittyy vaihtoaitiosta nelosketju, ja seuraavan kierroksen alkaessa tsuksuttaa koko Suomen joukkue kaukaloa ympäri.

Niin on hurjistunut ja päättäväinen Suomen joukkueen yleisilme, etteivät tuomarit uskalla keskeyttää tuuletusta. Siispä saa juna kiertää rauhassa kaukaloa, kunnes yhdeksännen kierroksen jälkeen se hidastaa vauhtia ja pysähtyy Suomen vaihtoaition eteen.

Nyt nousee junan kyytiin päävalmentaja Rolf-Eero Romppainen. Hän on pukenut päähänsä vanhanaikaisen veturinkuljettajan hatun. Juuri sellaisen korkeaprofiilisen, jota Hessu Hopo ja Mikki Hiiri käyttävät 1970-luvun sarjakuvissa. Hitaasti tsuksahdellen lähtee juna liikkeelle mutta kiihdyttää itsensä pian täyteen vauhtiin. Hyväntuulisesti hymyilevä Romppainen kyydissään jatkaa juna kaukalon kiertämistä. Joka kerta kun juna ohittaa toimitsija-aition, tekee Romppainen oikealla kädellään liikkeen, joka jäljittelee junan katosta riippuvan köyden vetämistä. Ja aina kun päävalmentaja kiskaisee köydestä, huutavat pelaajat kuorossa:

– Tuut, tuut!

Ja niin katsoo koko kiekkoileva maailma, kuinka Suomen joukkueen muodostama ihmisjuna kiertää kaukaloon muodostunutta kehärataa Bratislavan myöhäisillassa. Ja niin oppii jokainen urheilutoimittaja, kiekkoliiton edustaja ja somehölmö – oppiipa vain hyvinkin – ettei pidä arvostella joukkueen suorituksia kesken turnauksen. Siitä kun voi seurata päävalmentajan protesti.

LISÄÄ HUUMORIA
PUOLUEOHJELMAAN

Suuren ja hämärästi valaistun teollisuushallin lastausovi nykäistään auki. Pääosin erilaisissa eläinkuljetuksissa työuransa viettänyt kuorma-autovanhus peruutetaan oviaukkoon kiinni, ja jostain nurkan pimeydestä kävelee esiin kaksi haalariasuista miestä. Toinen heistä avaa kuorma-auton takaoven ja toinen kääntää tämän jälkeen kuorma-auton lattian ja laiturin väliin teräksisen lastaussillan.

Miehet menevät kuorma-auton lavalle ja oltuaan hetken näköpiirin ulkopuolella ilmestyvät takaisin vetäen perässään suurta, miltei kahden leikkimökin kokoista laatikkoa, joka liikkuu mitä ilmeisimmin jonkinlaisten rullien päällä. Laatikon sisältöä on mahdotonta arvailla, sillä sen päälle on vedetty musta samettiverho. Eittämättä syntyy mielleyhtymä johonkin suuren kokoluokan lavataikuusesitykseen.

Laatikko kuljetetaan hallin keskiosaan, ja miehet kävelevät takaisin siihen pimeään nurkkaan, josta he tulivatkin. Hetkeen ei tapahdu mitään, on vain hiljaista. Sitten jättiläismäiset valonheittimet räiskähtävät pamahtaen päälle. Ne valaisevat laatikon kolmelta suunnalta, ja neljänneltä, siltä yhä pimeältä, alkaa kuulua kovapohjaisten kenkien askellusta.

Valokeilojen risteämiskohtaan kävelee kaksi ihmistä, nainen ja mies. Molemmilla on yllään burgundinpunainen, hieman partiolaisasua muistuttava univormu. Tästä voidaan päätellä, että he ovat Totuusliikkeen väkeä eli niin kutsuttuja totuudenpuhujia. Niinpä niin, taas on saatu uusi liike poliittiselle karttapallollemme, ja yhtä itseriittoisia ja omien ajatustensa vajavaisuuksille sokeita ovat sen jäsenet kuin lukuisat vastinparinsa muissa vastaavanlaisissa yhteisöissä.

Nyt on mitä ilmeisimmin alkamassa tapahtumien sarja, sillä juuri paikalle saapuneen kaksikon naisjäsen astelee laatikon luo ja kiskoo muutamalla terävällä riuhtaisulla samettiverhon laatikon päältä teollisuushallin lattialle. Tulee esiin paksukalterinen häkki, jonka lattiaan on pultattu pitkä pirtinpöytä ja sen molemmille puolille yhtä pitkät penkit. Pöydän ääressä istuu joukko ihmisiä, heitä on liki kaksikymmentä. Väkijoukko on jotenkin uneliaan oloista, joten nainen ojentaa oikean kätensä sivulle ja avaa kämmenensä pyytävään asentoon.

Aiemmin mainitusta pimeästä nurkasta tulee esiin kolmas haalariasuinen mies. Hän kantaa mukanaan neljäkymmensenttistä teräsputkea, jonka hän asettaa naisen avonaiseen kämmeneen ja kävelee sen jälkeen takaisin nurkkaukseen. Nainen rupeaa kiertämään häkkiä myötäpäivään siten, että teräsputki kolahtaa vuorollaan jokaiseen kalteriin ja päästää ilmoille inhottavan äänen.

Pöydän ääressä istuva joukko selvästi piristyy tästä kalinasta. Kukin vuorollaan alkaa puhua japattavaan, itseään toistavaan tyyliin muita juuri kuuntelematta. Näin syntyneestä äänimaisemasta voidaan poimia pääosin itäisen Suomen murrepiirteitä, mutta myös varsinaissuomalais- ja pirkanmaalaiselementtejä on havaittavissa.

Keitä nämä ihmiset nyt sitten ovat? He ovat kylänmiehiä ja juttunaisia. Sutkauttelijoita, sanaseppoja ja työyhteisön vitsiniekkoja. Viisastelijoita ja niin kutsuttuja humoristeja. Vääräleukoja. Heitä nämä ihmiset ovat. Jokainen varmasti tuntee ainakin yhden tämän ihmistyypin edustajan – halusipa sitä tai ei.

Väkijoukon jutustelun käydessä yhä kovaäänisemmäksi on terässauvaa kolisuttanut nainen vetäytynyt takaisin puoluetoverinsa viereen. He tarkkailevat tiiviisti häkissä olevia ihmisiä ja vaihtavat ajatuksiaan ja mielipiteitään kuiskaten ja katsettaan häkistä irrottamatta.

Lopulta syntyy päätös, ja burgundinpunaiseen univormuun pukeutunut mies nyökkää pimeän nurkan suuntaan. Sieltä astelee esiin haalariasuinen mies, se sama joka hetkeä aiemmin toimitti naiselle teräsputken. Tällä kertaa miehellä on kädessään kirjoitusalusta, johon on kiinnitetty nipistimellä rahtikirja ja noin viisitoista senttimetriä pitkä pätkä veitsellä teroittua lyijykynää.

Univormupukuinen mies puhuu haalariasuiselle miehelle kuiskaten ja nyökkäilee häkin oikean etunurkan suuntaan. Kuullaan seuraava repliikki:

– Tuo. Me otetaan tuo.

Rahtikirjaa pitelevä mies tekee oikealla kädellään vaivihkaisen kutsumisliikkeen, ja kaksi muuta haalarimiestä saapuu häkin luo. Voidaan päätellä, että rahtikirjaa kuljettava mies on kolmikon johtaja. Kun oikein tarkasti katsoo, nähdään että hänellä on haalarinsa kauluksen tuntumassa keltainen pinssi merkkinä tästä johtajuusasemasta.

Yksi miehistä avaa häkin kulmassa olevan luukun, ja kaikki kolme menevät syvään kumartaen häkkiin. Kaksi haalarimiehistä jää vartioimaan luukkua, kun johtoasemassa oleva mies kävelee etualalla istuvan, karjakkohuivia päässään pitävän naisen luo. Hän laskee kämmenensä naisen olkapäälle ja kääntää päänsä totuudenpuhujien suuntaan. Nämä nyökkäävät yhtäaikaisesti. Käydään lyhyt sananvaihto huivipäisen naisen ja haalariasuisen miehen välillä. Mies tekee rastinomaisen merkinnän rahtikirjaan ja näyttää sitä huivipäiselle naiselle. Nainen nyökkää. Rahtikirjaa kantava mies kävelee ulos luukusta, ja kaksi muuta miestä saattaa naisen ulos häkistä molemmista käsivarsista ohjaten. Luukku suljetaan ja lukitaan.

Totuudenpuhujat allekirjoittavat rahtikirjan ja keskustelevat haalarijoukon johtajan kanssa käytännön järjestelyihin liittyvistä seikoista. Tällä välin kaksi muuta haalarimiestä peittelee häkin sametti-verholla ja työntää sen takaisin kuorma-auton lavalle. Lopuksi kaikki – karjakkohuivipäistä naista lukuun ottamatta – kättelevät toisiaan. Sanotaan hyvästit ja lähdetään omiin suuntiin.

Karjakkohuivinainen seuraa totuudenpuhujia teollisuushallin takana odottavaan pakettiautoon. Alkaa matka puoluetoimistolle, ja sen aikana on oiva tilaisuus esittäytyä. Totuudenpuhujat kertovat nimensä ja asemansa Totuusliikkeessä. Karjakkohuivinainen sanoo olevansa Marjaana Suur-

Markus, palvaajan leski Puolangan Puokiovaaralta.

Kun esittäytymiseen liittyvät muodollisuudet on saatu hoidettua, on aika paljastaa Marjaana Suur-Markukselle hänen työtehtävänsä ja siihen johtaneet tosiseikat. Aiemmin keväällä on nimittäin teetetty kaikille täysi-ikäisyyden saavuttaneille kansalaisille Suuri kyselytutkimus. Monen muun asian lisäksi on saatu selville, että suomalaisten mielestä puolueohjelmat näyttäytyvät tavallisille rivikansalaisille liialti toistensa kaltaisina ja niissä on turhan vähän erikoisuuksia ja kekseliästä huumoria. Siispä on Marjaana Suur-Markus kutsuttu maustamaan eli eräällä tavalla pippuroimaan totuudenpuhujien puolueohjelma tavallista rivikansalaista puhuttelevaan loppumuotoonsa.

Saavutaan puoluetoimistolle ja Marjaana Suur-Markus ohjataan pienehköön työskentelyhuoneeseen. Saatuaan ennakkotiedon puolueohjelman maustajan taustoista on toimiston väki varannut huoneen jääkaappiin kainuulaisia perinneruokia: avokukkoja, marjarönttösiä, nyrkkirieskaa ja puolukkamehua. Maustaja silmäilee jääkaapin sisältöä siinä määrin himokkaasti, että häntä täytyy muistuttaa työtehtävän tulosvastuusta: erikoislaatuisen kattauksen vastineeksi odotetaan syntyvän myös erityisen painokkaita ja mielellään valtavirrasta voimakkaasti poikkeavia kannanottoja totuudenpuhujien puolueohjelmaan.

Pintatasolla näyttää siltä, että Marjaana Suur-Markukselle suodaan puolueohjelman maustamisoperaatiota varten työrauha. Totuudenpuhujat jättävät hänet työhuoneeseen ja sulkevat oven perässään. Lukon kielen napsahdettua paikoilleen he kuitenkin kiirehtien vipeltävät lyhyessä jonomuodostelmassa käytävän toisella puolella olevaan tarkkailuhuoneeseen, jossa näyttöpääte toistaa piilotetun kameran välittämää kuvaa työskentelyhuoneesta.

On mielenkiintoista seurata Marjaana Suur-Markuksen ajattelun heijastuksia hänen kehonkieleensä. Tyypillisesti puolueohjelma-ajatus vaikuttaa syntyvän seuraavanlaisen elekielisarjan päätteeksi: Ensin maustaja kallistaa päätään voimakkaasti vasemmalle ja hieroo samalla oikealla kädellä niskaansa. Kasvoilla häivähdys pinnistystä ja aavistus epätoivoa. Nähdään myös irvistelyä. Sitten pää kääntyy osoittamaan suoraan eteenpäin ja oikea silmä puristuu kiinni rypistäen pienille mutkille nenänvarren ja koko kasvojen alueen kello kahdentoista ja yhdeksän välille jäävän sektorin osalta. Tiukka, puristava ote alahuulesta. Tässä asennossa pää alkaa nytkyttää edestakaisin siten, että muu keho pysyy täysin liikkumattomana. Tätä naakkamaista hytkytystä kestää kahdesta viiteen minuuttia, minkä jälkeen koko nainen jähmettyy puolen minuutin ajaksi paikoilleen kuin muniva hanhi. Lopuksi vasen käsi kaartuu suojaamaan kirjoituspaperille ajatuksia raapustavaa oikeaa kumppaniaan ja naisen kasvoilla voi nähdä merkkejä epävarmasta tyytyväisyyden tunteesta.

Edellä mainittu eleiden, ilmeiden ja tapahtumien sarja toistuu yhä uudestaan ja uudestaan. Välillä puurtava pippuroija tietenkin ruokailee. Sen hän tekee kiireisesti ja vilkuillen samalla sivuilleen niin kuin syö jokainen, joka pelkää, että ruokalautanen tullaan kohta hakemaan pois yhä ravintoaineita vaativien silmien edestä. Näin ei kuitenkaan tapahdu, vaan Marjaana Suur-Markus saa syödä avokukkonsa, rönttösensä ja rieskansa rauhassa ja huuhdella ne vatsalaukkunsa pohjalle ihanan happamalla puolukkamehulla. Tarkkailuhuoneessa ruokailutoimintoja seuraa usea tyytyväinen silmäpari, sillä aina ruokailuhetken jälkeen syntyy kirjoituspaperille vähintään kolme ajatusta tai kannanottoa, joita puolueväki haluaisi jo malttamattomana päästä tutkimaan.

Virka-aika on ylitetty muutamalla tunnilla, kun Marjaana Suur-Markus alkaa kysyvän oloisesti vilkuilla ympärilleen. Tarkkailuhuoneessa ymmärretään, että ajatusten säästölipas on tämän kerran osalta hämmennetty tyhjäksi. Soitetaan puhelu, ja puolen tunnin kuluttua haalarimiehet tulevat noutamaan pippuroijan mukaansa. Totuudenpuhujat antavat hänelle matkaevääksi jääkaappiin jääneet ruoka-aineet. Kukot, rönttöset ja rieskat he käärivät foliopaperiin jännittäväksi mytyksi. Puolukkamehu taas kaadetaan suppilon alulla kahden litran lasipulloon, joka suljetaan patenttikorkilla.

Pulloa iloisesti hölskyttäen ja rapisevaa foliopakettia kylkeään vasten painaen astelee hyväntuulinen Marjaana Suur-Markus häkkiin hengenheimolaistensa joukkoon. Rahtikirjaan tehdään viimeinen merkintä, ja haalarimiehet kuorma-autoineen lähtevät jatkamaan kierrostaan. On pistäydyttävä vielä noutokeikalla työväenopiston kurssikuvausyksikössä ja eräässä mainostoimistossa. Vaikka työpäivä näin ollen venyy pitkäksi, hyrisevät haalarimiehet itseriittoisen tyytyväisinä kuormaautonsa ohjaamossa. Vihdoinkin on tälle ihmisryhmälle keksitty järkevää käyttöä.

Haalariväen poistuttua ei ole puolueväen innolla enää rajoittavia tekijöitä. Rykelmämäisenä muodostelemana totuudenpuhujat ryntäävät työskentelytilaan tutkimaan pippuroijan aikaansaannoksia. Paperit kiertävät tarkkailijalta toiselle. Hymähdellään, tuhahdellaan ja mutistaan. Kysyvästi katsoen penätään muiden mielipidettä. Lopulta rauhoitutaan ja käydään yhdessä läpi jokainen Marjaana Suur-Markuksen puolueohjelma-ajatuksista.

Tarkastus- ja keskustelukierroksen jälkeen todetaan noin neljäsosa ajatuksista sellaisiksi, että ne voidaan liittää osaksi Totuusliikkeen puolueohjelmaa. Hieman yli puolet kannanotoista on sopimattomia jo pelkästään voimakkaasti esiin työntyvän karkeutensa vuoksi. Loput hylätyistä mietteistä eivät oikeastaan ole puolueohjelmaan soveltuvia ajatuksia vaan pikemminkin jonkinlaisia havaintoja maailmantilasta.

Vielä samana iltana liitetään alla olevat kannanotot Totuusliikkeen puolueohjelmaan siten, että ne ripotellaan sattumanvaraisesti jo olemassa olevan materiaalin sekaan. Näin ne eivät erotu liiaksi joukosta tai vaikuta häiritsevässä määrin tarkoitushakuisilta.

Suomalaista etunimistöä uhkaa diversiteetin eli monimuotoisuuden katoaminen. Erityisessä vaarassa ovat nimet, joille on ajan mittaan kehittynyt – yleensä alatyylinen – kaksoismerkitys. Edellä mainituista esimerkkeinä mainittakoon Yrjö (tarkoittaen oksennusta) ja Jorma (tarkoittaen penistä). Lisäksi myös muut perinteikkäät

145

nimet (muun muassa Raija, Tauno, Reijo) uhkaavat kadota etunimistömme uljaasta joukosta. Siispä on yhteiskunnan kannustettava vanhempia antamaan lapsilleen edellä mainitun kaltaisia nimiä. On tehtävä lista niin kutsutuista perinnenimistä, ja lapsen, jolle perinnenimi annetaan, tulee saada lapsilisäänsä viiden prosentin indeksikorotus. Jos lapsen etunimet ovat rinnasteisia eli ne erotetaan yhdysmerkillä ja molemmat nimet kuuluvat perinnenimien joukkoon, korotetaan hänen lapsilisäänsä edellisen lisäksi vielä kahdeksalla prosentilla ja sen maksamista jatketaan siihen saakka, kun lapsi täyttää 21 vuotta.

Hampurilaisgrilleillä ja muissa nakkikioskin kaltaisissa paikoissa asioimista täytyy suitsia lainsäädännön keinoin. Grillityöntekijällä on oltava oikeus keskeyttää kauppatapahtuma seuraavissa tapauksissa: 1. Jos hän tiedusteluaan asiakkaalta kaikkien mausteiden lisäämistä saa vastaukseksi "Jätä vähän muillekin"-letkautuksen. 2. Jos hän tiedusteluaan, tuleeko annokseen kananmunaa, saa vastaukseksi "Eiku rahalla"-letkauksen. 3. Jos hän tiedusteltuaan asiakkaalta, haluaako tämä jo tilattujen tuotteiden lisäksi muuta, saa vastaukseksi "Ilman muuta"-letkauksen. 4. Jos asiakas kauppatapahtuman yhteydessä käyttää jotakin edellä mainittujen letkausten varianttia eli muunnelmaa. Mikäli asiakas on jo ehtinyt maksaa ostoksensa, myyjän ei tarvitse palauttaa hänelle kauppasummaa. Jos asiakas vie tapauksen oikeuteen ja kyseessä on niin sanottu sana vastaan sana -tilanne, on tuomarin – kaikilla oikeusasteilla – asetuttava grillityöntekijän puolelle.

Masentavan ja mitäänsanomattoman Maamme-laulun tilalle täytyy löytää uusi kansallishymni. Esimerkiksi jonkun merkkihenkilön historiallinen puhe voisi urheilukilpailuissa soitettuna kuvastaa kansakuntamme luonnetta ja perimmäisiä tuntoja tavalla, jonka me suomalaiset ansaitsemme. Kyllä puheessa on aina enemmän sanomaa kuin turhanpäiväisissä rallatuksissa.

Taskulaskimissa on runsas joukko täysin käsittämättömiä erikoisnäppäimiä (AC, CE, MC, MR, M-, M+ jne.). Kansalaisille on selvennettävä näiden käyttötarkoitusta iltauutisten yhteydessä lähetettävien tietoiskujen avulla.

Koska Keski-Euroopan ja Yhdysvaltain mulkkumaiset urheilujohtajat ovat valinneet seitsen- ja kymmenotteluun sellaiset lajit, ettei suomalaisilla ole niissä minkäänlaisia menestymismahdollisuuksia, on Suomen voimallisesti uhoamalla ja taitavasti painostamalla hivutettava olympialajien valikoimaan jokin yhdistelmälaji, joka varmistaa tasaisen mitalivirran pohjoiseen kotimaahamme. Jos edellä mainitut keinot eivät riitä, voidaan aina vedota yhdenvertaisuuteen mitaliensaamiskysymyksessä.

Totuudenpuhujat silmäilevät puolueohjelmansa lisäyksiä tyytyväisinä. Puheet yhden asian liikkeestä voidaan lopettaa tällä kellonlyömällä. Oikoluvun jälkeen täydennetty puolueohjelma lisätään Totuusliikkeen kotisivuille ja asiasta laaditaan lehdistötiedote. Täytyy odottaa yön yli, jotta asia saa ansaitsemansa huomion, mutta jo heti aamulla valtakunnan selkeä ykköspuheenaihe on Totuusliike ja sen kansaa syvästi puhutteleva puolueohjelma.

Jotta voidaan nähdä, millaisia vaikutuksia Totuusliikkeen linjauksilla on pitkässä mittakaavassa, täytyy tehdä niin kutsuttu katsaus tulevaisuuteen. Siirtykäämme siis runsas neljännesvuosisata ajassa eteenpäin. Tapahtumien näyttämönä toimii Montrealin kaupunki Kanadassa, ja menossa ovat talviolympialaisten miesten 20 kilometrin keihäshiihdon finaalin loppuhetket.

Hiihtostadionilla mylvivä yleisömeri odottaa jo ensimmäisiä kilpailijoita saapuvaksi näkökenttänsä piiriin, ja nyt hevosenkenkämutkan takaa ilmestyykin näkyviin Suomen joukkueen kisapipo tupsu puolelta toiselle heilahdellen! Keihäillään nanolunta pöllyttäen sivakoi Oulun Pyrinnön Rupi-Yrjö af Knutenberg kohti heittopaikkaa hurjistunut ilme kasvoillaan. Noin kymmenen metriä hänen jäljessään lykkii tasatyöntöä miltei yhtä vakuuttavan näköisesti Jorma-Tauno Kaltioinen, Enon Kisapojat. Nyt suomalaiskannattajien keskuudessa aletaan kuiskia jo kolmoisvoiton mahdollisuudesta, ja kuin eräänlaisena vastauksena toiveisiin ponnahtaa seuraavana hiihtostadionin valonheittimien keiloihin Turun Tovereiden Pertti-Pentti Puustmatti.

Rupi-Yrjö af Knutenberg saapuu heittopaikalle, irrottaa keihäistään rannehihnat ja kiskaisee kätisyytensä vuoksi ensin vasemman ja vasta sitten oikean keihään kohti hiihtostadionin keskiosaa. Montrealin hornankattila on kiehahtaa yli, niin väkeviä ovat Rupi-Yrjön heitot, ja stadionin

148

valotaululle heijastuvat lukemat sinetöivät lopullisesti suomalaisen voiton. Rupi-Yrjön jo tuuletellessa saavutustaan hiihtää paikalle Jorma-Tauno Kaltioinen, joka viskaa keihäänsä miltei Rupi-Yrjön lukemiin. Kuitenkin toisen keihään suhahtaessa lumihankeen kuullaan katsomosta yllättynyt kohahdus. Pertti-Pentti Puustmatti on kaatunut, ja punaasuinen kilpakumppani lähestyy uhkaavasti. Nähdään hirmuinen loppukiritaisto, mutta parempien heittojensa ansiosta nappaa Uuden-Neuvostoliiton Maxim Slomka, Sopotin suuri poika, pronssimitalin ja näin ollen pilaa suomalaisten kolmoisvoiton.

Kun viimeisetkin keihäshiihtäjät ovat saapuneet maaliin, aloitetaan välittömästi palkintojenjakoseremoniat. Mitalit ripustetaan kärkikolmikon kauloihin ja heille annetaan pienehköt kukkakimput. Siniristilippu liehuu korkeimmalla paikalla, kun hiihtostadionin kovaäänisistä räsähtää ilmoille Pekka Tiilikaisen ensimmäinen kysymys ulkoasiainministeri Ahti Karjalaiselle. Haastattelu on vuodelta 1966, ja pääosiltaan se käsittelee englantilaisten suolasardiinien tullaukseen liittyviä muodollisuuksia. Rupi-Yrjön suu tapailee kansallishymnin sanoja, mutta kaikkia lauserakenteita ei hänkään muista ulkoa. Tämä on toki ymmärrettävää, sillä lähes seitsemän minuutin mitassaan hymni sisältää varsin runsaasti puheinformaatiota. Sen sijaan katsomossa miehensä juhlahetkeä seuraava Ritva-Raija af Knutenberg, näistä kisoista jo kolme mitalia napannut keihäshiihtäjämme, muistaa hymnin jokaisen sanan ja sanapainon tarkalleen. Hän onkin todellinen isänmaanystävä.

Palkintojenjakoseremonioiden ja lukuisten haastattelujen jälkeen Ritva-Raija ja Rupi-Yrjö lähtevät pienelle iltakävelylle olympiakaupungin satama-alueelle, ihan vain kahdestaan. Siellä he pysähtyvät ihailemaan korkealle kohonnutta kuuta, jonka säteet heijastuvat jännittävästi väreillen meren aalloilta. Kumpikin hymyilee, muistelee kai kuluneita päiviä ja ansaittuja saavutuksia.

Kaiken tämän hyvän alullepanijoita ei sen sijaan muistele enää juuri kukaan. Heidän tekonsa edustavatkin sitä kaikkein jalointa sankaruuden lajia. Sellaista, joka on aikojen saatossa unohdettu tai josta kukaan ei alun perinkään tullut tietoiseksi. Juuri sellaisia pyyteettömiä sankareita ovat totuudenpuhujat ja tietenkin Marjaana Suur-Markus, palvaajan leski Puolangan Puokiovaaralta.

PALEOSYNNYTTÄJÄT

Taksiautoilija J. Vettenniemi on avannut kaikki autonsa ovet ja ikään kuin huiskuttaa nyt niistä sitä, joka sijaitsee kuljettajan paikan kohdalla. Näin toimien hän pyrkii luomaan ilmavirtauksia, jotka kuljettaisivat ajoneuvosta ulos sen hajumassan, jonka äsken kyydistä poistuneet matkustajat ovat siihen jättäneet. Tuota hajua voidaan luonnehtia monin tavoin. Se on läpitunkevalla tavalla navettamainen ja jossain määrin alkukantainen. Tuopa se myös jotenkin mieleen päiväkausia käyneen porkkanankuorimajätteen.

Tuoksu on kuitenkin sinnikäs matkustaja eikä halua poistua kulkuneuvon kyydistä. Hieman se kenties vaimenee mutta on läsnä siinä missä äskenkin.

Huokaillen sulkee J. Vettenniemi auton ovet, istuu sisään, avaa kaikki neljä sivuikkunaa ja käynnistää moottorin. Hän vilkaisee taustapeiliin ja näkee äskeiset matkustajat, miehen ja naisen, keskustelemassa metsän reunalla vähäisten kantamustensa kanssa.

– Perhanan turkki-ihmiset, J. Vettenniemi mutisee ja lähtee ajamaan kohti kaupunkia. Hän tekee itselleen lupauksen, jonka mukaan ei ota enää taksikeskuksesta vastaan kyytejä, joiden kohteena on Kantapään entinen luonnonsuojelualue.

J. Vettenniemen luonnehdinta ei ole valheellinen, sillä eräänlaisia turkki-ihmisiä nämä kaksi metsän reunalla seisoskelevaa hahmoa tosiaan ovat. On nimittäin heinäkuu, mutta molemmat ovat pukeutuneet vuodenaikaan nähden poikkeuksellisen lämpimästi. Miehellä on yllään myskihärän taljasta ommeltu, pitkänomainen takki ja sen päällä ruskea lehmännahkahuppu. Nainen on löytänyt pukeutumiseensa samanlaisen lähestymiskulman kuin edellä mainittu mies. Hänen yllään on haalarimallinen, yksiosainen puku, joka on parkittua mursunnahkaa. Syvälle päähänsä, korvien päälle asti, hän on vetänyt nahkiaismyssyn, joka on ommeltu entisaikojen uimalakin malliseksi. Kumpikin turkki-ihmisistä on liikkeellä avojaloin, ja molemmilla on selässään nypyläinen pussukka, joka on tehty ilmeisesti jonkin ison eläimen – kenties hirven tai hevosen – sappirakosta.

Nainen on viimeisillään raskaana.

Auli ja Harri, ne ovat näiden kahden nimet, alkavat sangen vaivalloisesti taivaltaa koivumetsää halkovaa kärrypolkua. Muhkuraista tietä ei ole kevyt kulkea – etenkään näissä vaatteissa ja raskausajan tässä vaiheessa. Tuon tuostakin Harri ja Auli pyyhkivät hikeä kasvoiltaan, ja kummankin mielessä vierailee toistuvasti ajatus siitä, oliko tämä sittenkään oikea ratkaisu.

On kuljettu tunti, ehkä hieman ylikin, kun edessäpäin polulla näkyy liikettä. Vaalea, nahkaiseen lannevaatteeseen pukeutunut hahmo vilahtaa nopeasti polun yli ja kurkistaa koivun takaa. Sitten

152

hahmo häviää, ja kohta polkua reunustava horsmikko heiluu tavalla, josta voidaan päätellä hahmon siirtyneen sen suojaan.

Tunnelma kohoaa tai ainakin muuttuu jollain tavalla jännittyneeksi. Harri ja Auli vilkaisevat toisiaan ja vaivihkaisesti nyökäten tekevät päätöksen etenemisestä. Kun he saapuvat kohtaan, jossa horsmat edelleen hieman keinahtelevat, kuullaan ojan pohjalta miehen ääni:

– Hei, te kakte! Tulkek tännek. Toivotahen tervetullehkse!

Miehen puhe on myöhäiskantasuomea tai pikemminkin eräänlainen tulkinta siitä, miltä tuo yli kaksituhatta vuotta sitten puhuttu kieli on voinut kuulostaa. On hyvä huomata, että kantapääläisten näkemys myöhäiskantasuomesta poikkeaa jossain määrin samaa aihetta käsittelevistä akateemisista tutkimuksista ja kannanotoista. Koska Kantapäällä myöhäiskantasuomea on puhuttu jo liki kolmekymmentä vuotta, on kieleen kehittynyt runsaasti paikallisia morfologisia, fonologisia ja syntaktisia erityispiirteitä. Myöhäiskantasuomen sijaan olisikin kenties parempi käyttää termiä uusmyöhäiskantasuomi – tai neomyöhäiskantasuomi, kuten K. Pöntinen on ehdottanut.

Mies nousee horsmien seasta esiin ja kävelee Harrin ja Aulin eteen. Hän tuijottaa kaksikkoa tiiviisti kuin odottaen vastausta. Harri ja Auli kääntävät katseensa maahan. Jommankumman täytyy nyt paljastaa kiusallinen totuus. Tällä kertaa Harri uhrautuu.

– Suuret pahoittelut. Teimme päätöksen synny-
tystavasta niin myöhäisessä vaiheessa, ettemme oi-
kein ole ehtineet opetella kieltä.

Mies ei peittele tyytymättömyyttään, ja hänen
olemuksestaan voi päätellä, että näin on käynyt en-
nenkin.

– Vai niin. Sillä tavalla siis. No, hoitakaamme
asia sitten nykytyylillä.

Mies lausuu sanan *nykytyylillä* osoittaen mahdol-
lisimman suurta halveksuntaa tuota sanaa ja sen si-
sältämiä merkityksiä kohtaan. Hän opastaa Aulin
ja Harrin pienelle sivupolulle ja lähtee ympäristöä
tarkkaillen seuraamaan pariskuntaa. Alinomaa hä-
nen katseensa päätyy tutkimaan Aulin ja Harrin
vaatetusta.

– Teillä on lämpimästi yllä.

– Saimme nämä lainaan meidän tuttavaparis-
kunnalta. He kävivät täällä synnyttämässä helmi-
kuussa, Auli selittää.

Mies mutisee jotain puoliääneen myöhäiskan-
tasuomeksi ja sanoo sitten:

– Helmikuussa. Niinhän se on. Helmikuussapa
hyvinkin.

Enempiä keskustelematta seurue jatkaa kulku-
aan koivumetsän läpi välillä pieniä lepotuokioita
pitäen. Kolmisen tuntia vaelletaan, kunnes saavu-
taan kapeahkon joen tai oikeastaan puron rannalle.
Lannevaatteeseen pukeutunut mies käy polke-
massa jalallaan rantahiekkaa. Hän näyttää etsivän
sopivaa kohtaa ja sen löydettyään toteaa:

– Tästä näin. Tiedätte kai sentään, mitä tehdä?

– Totta kai, tietenkin, Harri vastaa nopeasti.

Auli ja Harri laskeutuvat polvilleen ja rupeavat kaivamaan rantahietikkoa käsillään. Noin puolen metrin syvyydessä hiekka muuttuu saveksi, jota pariskunta alkaa kasata yhteen kekoon. Tasaisin väliajoin he kysyvät puuskuttaen lannevaatemieheltä, joko määrä riittää, ja aina mies vastaa samalla tavalla:

– Ainoastaan siinä tapauksessa, että haluatte välttämättä saattaa lapsenne hengenvaaraan.

Ja niinpä kaivaminen jatkuu.

Työn lomassa Harri ja Auli käyvät keskustelua miehen kanssa. Käy ilmi, että miehen nimi on Org – tai niin hänen nimensä voidaan ilmaista nykyisin käytössä olevilla kirjaimilla ja äänteillä. On nimittäin niin, että Orgin nimen viimeinen äänne on puolisupistunut bilabiaalinen glottaaliklusiili. Tämä äänne on jo kauan sitten kadonnut ihmiskunnan äännejärjestelmästä, eikä Orgkaan sitä osaa täydellisesti lausua, mutta jotenkin sopivalta se on kai tuntunut, koska Org on sillä halunnut nimensä päättää.

Ilta alkaa jo hämärtää, kun savea on viimein Orgin hyväksymä määrä. Hän ottaa katseellaan summittaiset mitat Aulin vatsasta ja kokoaa sitten rannalle hiekasta pitkänomaisen kumpareen. Kolmestaan he latovat kumpareen päälle saven eräänlaiseksi kuoreksi.

Org komentaa Aulin lepäämään ja Harrin metsään keräämään polttopuita. Niistä miehet kasaavat äsken kootun muodostelman ympärille pieniä nuotioita, jotka Org sytyttää tuleen lannevaatteestaan esiin kaivamillaan kivillä.

Rakkopusseista löydetään iltapalaksi kuivalihaa, marjoja ja pähkinöitä, jotka nautitaan raikkaan puroveden kyyditseminä. Keskustellaan laajahkosti Orgin elämänpiiriin liittyvistä aihelmista, mutta kiusallista neandertalilaiskysymystä vältellään ottamasta esiin, vaikka Harri epähuomiossa mainitseekin asian eräässä sivulauseessa. Puron solinaa kuunnellen Auli ja Org käyvät nukkumaan. Harrin osa on valvoa ja ylläpitää nuotioiden liekkejä.

Varhain aamulla Auli ja Org heräävät. Org näyttää hyvin levänneeltä, mutta Aulin silmät punertavat – joko savusta tai väsymyksestä. Erityisen uupuneelta vaikuttaa Harri, joka on viettänyt koko yön oksia keräten ja tulta ruokkien. Hänen kasvonsa ovat kauttaaltaan pienen turvotuksen vallassa, ja näyttää aivan siltä kuin hänen silmänsä olisivat kutistuneet hieman yön aikana.

Org tutkii savikuorta huolellisesti. Hän sivelee sen pintaa kämmenellään, läpsyttelee sitä käsillään ja lopulta koputtelee kuorta tarkasti valittuihin paikkoihin samalla tiiviisti kuunnellen kopahdusten äänenlaatua. Sitten hän nostaa kuoren hiekkakumpareen päältä ja laskee sen ylösalaisin rannalle. Se on kuin pieni savinen kylpyamme, vajaan metrin pituinen ja kolmisenkymmentä senttimetriä leveä.

Org kävelee vielä muutaman tarkastuskierroksen ammeen ympäri sen sisälle kurkkien ja reunoja hipelöiden. Lopputulos nähtävästi tyydyttää Orgia, sillä hän nyökkää hymyillen Harrille:

– Sinä olet tehnyt oikein hyvää paistotyötä. Tähän kelpaa lapsen syntyä.

Harri on selvästi mielissään kehuista, ja hän katsoo Aulia varmistaakseen, että myös tämä kuuli, mitä Org juuri sanoi. Auli hymyilee miehelleen rohkaisevasti, ja Harrista tuntuu, että ainakin osa hänen väsymyksestään katoaa saman tien. Muutenkin tunnelma leirissä on hyvä, ja se vain kohoaa, kun Org ilmoittaa Aulin mahan ääntelyä hetkisen kuunneltuaan, että tänään siirrytään jo aivan synnytyspaikan tuntumaan.

Nautitaan aamiainen, joka koostuu pitkälti samoista aineksista kuin eilinen iltapala. Aamiaisen jälkeen Org suuntaa huomionsa jälleen rantahietikkoon, jota hän rupeaa taas polkemaan. Harri ja Auli ehtivät jo säikähtää. Eikö savea ollut sittenkään tarpeeksi? Mutta huoli on turha, sillä kohta kolahtaa Orgin jalkapohja johonkin kovaan ja hiekan alta kuuluu kumea ääni. Org kaivaa esiin puisen kannen, jonka alla on vetinen kuoppa. Sieltä Org nostaa rannalle parimetrisiä, niljakkaasti kiilteleviä köysipunoksia.

– Mäyrän suolia! Parempia saa hakea, eikä löydy sittenkään, Org hörähtelee ylpeänä.

Orgin ohjeistuksen mukaisesti Harri laskeutuu konttausasentoon hietikolle, ja amme nostetaan hänen selkäänsä. Org kieputtaa ammeen kiinni Harriin suoliköysillä, jotka koko seurueen voimin kiristetään tiukaksi paketiksi ja jotka Org solmii yhteen aivan Harrin aataminomenan alle eräänlaiseksi rusetiksi.

Kun amme on kiinnitetty, nousee Harri seisomaan ja kokeilee parin askelen verran kävelyä kantamus selässään. Paketti pysyy hyvin kasassa eikä huoju mainittavasti, vaikka Auli hihittääkin, että Harri näyttää nyt aivan kilpikonnalta.

Verkkaisesti talsien lähdetään etenemään. Harri kävelee joukon ensimmäisenä, Auli aivan hänen jäljessään ja perää pitää Org. Vähän väliä nykii Harri suolia parempaan asentoon, sillä ne puristavat ilkeästi hartioita ja hiertävät kylkiin ikäviä nirhaumia. Orgin solmima rusettikin pyrkii koko ajan kiipeämään Harrin kaulaa ylöspäin kohti leukaa vaikeuttaen näin hengittämistä. Edellä mainittujen ohella vaivaa aiheuttaa myös ammeen yläreuna, joka kolahtelee toistuvasti Harrin takaraivoon. Tämän välttääkseen hänen on kuljettava voimakkaasti kumarassa asennossa, joka aiheuttaa niskaan polttavan jännityksen tunteen.

Yhtään helpompaa ei ole Aulilla. Lapsi tuntuu jotenkin rauhattomalta ja aivan kuin se olisi kääntynyt asentoon, joka tekee kävelemisestä entistäkin hankalampaa. Joka paikkaa särkee, kivistää ja kolottaa. Pienet kivet raapivat jalkapohjia ja isompikokoiset muljahtelevat ikävästi kantapäiden alla. Vähän väliä takertuu varpaiden väliin multainen oksanpätkä salamatkustajaksi eikä putoa kyydistä, vaikka kuinka ravistelee jalkaterää.

Kevyin askelin kulkee ainoastaan Org, joka joukon hännillä intoutuu suorastaan puheliaaksi. Eräänlaista matkaohjelmaa järjestääkseen hän käy pientä keskustelua Aulin kanssa.

– Onko lapsi ensimmäisenne?

– Ei. Meillä on Jesper, kolme vuotta. Hän on nyt isovanhemmilla hoidossa.

– Syntyikö hänkin – no tiedättehän?

– Ehei sentään, Jesper syntyi ihan perinteiseen tapaan sairaalassa.

– Vai oikein perinteiseen tapaan! Org huudahtaa mutta rauhoittuu välittömästi. – Vai oikein sairaalassa. Voivoi. Voi lapsi parkaa. Voi pientä Jesper raukkaa.

Auli vilkaisee taakseen huolestuneena.

– Mutta Jesper on leikkisä ja eläväinen lapsi. Ei hänellä ole mitään hätää.

Orgin kasvoilla on nyt ilme, joka on yhtäältä ärsyttävän itsetietoinen, toisaalta suoranaisen ilkeä ja kolmannesta kulmasta katsottuna jopa jollain tasolla halveksiva. Ei mikään erityisen miellyttävä ilme siis.

– Ei ole hätää. Niin kuin ei ole hätää kylän ainoalla tomaattipensaalla, vaikka se tuottaa tympeää, happamasti mullalta ja madoilta maistuvaa hedelmää. Ahnaastipa kylän väki repii sadon sen oksilta ja hailakan punainen siemenlitku suupielistä valuen mässyttää tomaatteja aina kun vain on mahdollista. Mutta sitten! Sitten kylään tuodaan toinen pensas. Ja tämä pensas. Voi luoja millainen pensas se onkaan! Se ei ainoastaan puserra hedelmiä esiin kuin vimmattuna, vaikka sitäkin se tekee. Aamulla kun poimii oksat tyhjiksi, voi jo illan hämärtyessä kerätä toisen sadon. Toinen toistaan runsaampia satoja se tuottaa kahdesti päivässä ja kasvukaudella kolmesti. Ja tämä on vasta alkua. Tuoreen tulokkaan hedelmät maistuvat sanoin kuvaamattoman ihanilta. Joku on tukehtua, kun ei malta syödä niitä rauhassa vaan jo toista työntää suuhun, kun ensimmäinen on vielä nielemättä. Ihmiset hullaantuvat. Hullaantuvat! Tomaatille sepitetään lauluja, sen kuvia maalataan kallion seinämiin ja iltaisin väki kokoontuu palvomaan tuota ihanaa pensasta. Lopulta tomaatin ympärille täytyy järjestää ympärivuorokautinen vartiointi. Vaan kuka muistaa vielä toisen tomaatin, sen joka tuottaa mullanmakuisia hedelmiä? Sama pensas, jonka tomaatteja niin moni ahnehti aiemmin, seisoo nyt unohdettuna käymäläkuopan reunalla. Ja kukas se tuolta nyt jolkottelee? Kapinen kulkukoira lähestyy tomaattia kuono maata viistäen. Se kohottaa jo vasemman takajalkansa operointiasentoon mutta peruu aikeensa vilkaistuaan tuota masentavaa kasvia. Niinpä niin, edes kulkukoiran tummanpuhuva välivirtsa ei halua joutua kosketuksiin tomaattimme kanssa. Lopulta tuuli repii tomaatilta viimeisetkin kuiviksi käpertyneet lehdet, eivätkä sen hedelmät kelpaa edes variksille. Maahan putoaa tomaatti, putoaa toinen, ja siihen ne homehtuvat – niin kuin homehtuu lopulta koko kasvi, koska kukaan sitä ei kaipaa.

– Mitä sinä oikein tarkoitat? Auli säikähtää.

– Kai te ymmärrätte, että pian syntyvä lapsenne saa isoveljeensä nähden ratakierroksen verran etumatkaa. Puolivuotiaana hän kävelee, vuoden ikäisenä puhuu jo sujuvasti ja kaksivuotiaana voimme olettaa hänen osaavan lukea. Koulun alkaessa hän on päätään pidempi muita, sekä fyysisesti että henkisiltä ominaisuuksiltaan. Peruskoulun luokista hän käy vain joka toisen ollen silti poikkeuksetta luokkansa priimus. Presidentin erikoisluvalla hän saa osallistua ylioppilaskokeeseen lukiota käymättä. Tulos: kahdeksan laudaturia ja yksi eximia cum laude approbatur. Viimeinen arvosana korjataan myöhemmin runsaiden pahoitteluiden saattelemana ylöspäin, kun Ylioppilastutkintolautakunnan näkemykset eräistä kemiallisista prosesseista tarkentuvat. Ensimmäisen tohtorinhattunsa hän saa samaan aikaan kuin ikätoverinsa ensimmäiset finninsä. Ja edes niistä hän ei joudu kärsimään, koska hän syntyy oikein, niin kuin luonto sen tarkoitti.

– A-ai että tohtoriksi noin nuorena. E-ei kai sentään? Vo-voiko olla? Harri kysyy toiveikkaan uteliaana. Hän ei enää kävele eteenpäin vaan tepastelee innokkaasti kahdeksikonmuotoista kuviota maahan tallaten.

– Voi olla ja on tietenkin. Katsokaas kun ihmistaimi saa elämälleen luonnollisimman mahdollisen alun, mikään ei ole mahdotonta. Bolrog – kätilömme siis – kertoo, että osa lapsista konttaa ulos kohdusta.

– No mutta tuohan kuulostaa mahtavalta! Harri hörisee.

– Mitäs sinä sanoitkaan Jesperista, Org? Auli kysyy. Hänen kasvoilleen on laskeutunut synkkä varjo.

– Niin, kuvitelkaahan tähän äsken mainittuun näkymään Jesper, nyt 18-vuotias, eläväinen ja leikkisä poika. Toki hänelläkin on saavutuksensa. Ajokortti Jesperille myönnetään jo kolmannella yrittämällä. Hän on aika haka tekemään käsijarrukäännöksiä, ja hieman taskurahaa tuo nuori liikemies ansaitsee välittämällä nuuskaa lähiseudun peruskoululaisille. Nämäkin ovat ansioita, eikä niitä pidä väheksyä. Muistakaa se vanhempina.

– Jaa että nuuskanmyyjä? Harri huohottaa ammeen alta. Hän on lakannut tepastelemasta ja tuijottaa nyt vakavana Orgia ammeen varjoista.

– Niin, emmehän voi toki tietää varmasti, miten heille käy. Sen kuitenkin sanon, että on jollain tasolla kiusallista nauttia perheen kesken yhteistä jouluateriaa, jos toisen lapsen kuva on juuri julkaistu Time-lehden ja toisen Alibin kannessa. Sellainen vetää helposti koko pöytäseurueen puhumattomaksi.

Puhumattomaksi muuttuu myös synnytysseurue. Matkaa taitetaan vaiti. Harri on työntänyt takaraivonsa ja puoli päätään ammeen sisään ja kävelee nyt niin kumarassa asennossa, että sitä olisi ulkopuolisen tarkkailijan inhottava katsoa. Hän ei enää kohenna suolien asentoa vaan antaa niiden raapia itseään kuin jonkinlaisena rangaistuksena esikoista kohtaan tehdystä rikoksesta.

Aulin kasvoilla on sisäänpäin kääntynyt, vakava ilme. Yleensä sangen ilomielinen suu on vääntynyt ohueksi, päistään hieman alaspäin kaartuvaksi viivaksi. Kaksin käsin Auli pitää kiinni vatsastaan, josta hän irrottaa otteensa ainoastaan pyyhkiäkseen hikeä, jota virtaa vuolaina noroina nahkiaismyssyn alta.

Org huomaa puheidensa seuraukset ja yrittää kohentaa tunnelmaa. Hän muistuttaa, että vaikka paleosynnytys tarjoaa tilastollisesti katsoen ylivoimaiset lähtökohdat elämälle, ei lopputulos ole missään nimessä taattu.

– Eräästäkin paleosynnytetystä pojasta tuli ainoastaan keskiportaan virkamies, ja ihmisenä hän on

– näin meidän kesken – täysi paviaani, Org luonnehtii.

Tämä tieto tuntuu piristävän synnyttäjiä. Harrin silmät ilmestyvät taas näkyviin ammeen varjoista, ja Aulin suu näyttää rentoutuvan. Hän tavailee sillä tuota äsken lausuttua sanaa uskaltamatta kuitenkaan sanoa sitä ääneen: pa-vi-aa-ni.

– Paviaani, hihittää Harrikin ammeen alta. Hänen äänensä kumisee, sillä hän on yhä syvällä ammeen sisällä.

– Nuuskanmyyjä ja paviaani, sehän on jo aika tasavertainen sisaruspari. Eikös vain olekin, Org? Auli tiedustelee ripaus toiveikkuutta äänessään.

– Se on ensiluokkainen sarja sisaruksia. Voisinpa jopa sanoa, että se on tässä kyseessä olevassa kategoriassa aivan lyömätön yhdistelmä, Org ilmoittaa itsevarmasti.

– Lyömätön yhdistelmä! hyväntuulisuuteen asti helpottunut Harri hörähtelee, avaa suolisolmut ja laskee ammeen maahan. – Nyt pidetään kyllä ruokatauko!

Hetkeksi alas vajonnut tunnelma on taas kohonnut korkeuksiin. Se on itse asiassa saavuttanut synnytysreissun tähänastisen huippunsa. Ruokailun lomassa keskustellaan vapautuneesti synnytyksen tulevista vaiheista. Yhä uudestaan Harri ja Auli nostavat esille Orgin mainitseman lyömättömän yhdistelmän ja hakevat varmistusta sille, että sellaiseen on vielä mahdollisuudet. Ja aina Org vastaa samalla tavalla:

– Kuulkaahan, minulla on hetki hetkeltä aina vain varmempi tunne siitä, että meillä on aivan erinomaiset mahdollisuudet tuohon mainittuun yhdistelmään.

Vastaus on tietenkin Harrille ja Aulille kerta kerralta mieluisampi. He potpottavat toisilleen, kehuvat valitsemaansa synnytystapaa ja suorastaan vaativat Orgia sanomaan vielä kerran tuon maagisiin mittoihin kasvaneen sanaparin: lyömätön yhdistelmä.

Kun iloinen ruokailuhetki on päättynyt, jatketaan matkantekoa suoraselkäisinä ja kevyesti jalkaa nostaen. Org ohjeistaa asiantuntevasti Harria ja Aulia poimimaan polun varrelta erinäisiä yrttejä, kukanlehtiä ja juuria matkaan:

– Tuosta puskasta kourallinen, Auli. Rohkeasti vain, mutta varsia älä taita. Kerätkää molemmat puoli syliä noita tummanvihreitä, juuri niitä. Harri, jätä ne juuret sinne! Nehän ovat aivan mustamädän peitossa, voi hyvänen aika sinun kanssasi. Hae uudet tuolta rannasta ja pese kätesi ennen kuin kosket niihin.

Hiljalleen taittuu matka, ja kun seurue saapuu kahden polun risteyksessä olevalle nuotiopaikalle, on rakkopusseihin kertynyt Orgin riittäväksi katsoma määrä aineksia. Orgin ohjeiden mukaisesti ainekset lasketaan nuotiokivien päälle ja Harri ja Auli poimivat kutakin yrttiä, juurta ja lehteä tarkkaan määritellyssä suhteessa kämmenkuppeihinsa. Tämän jälkeen he pyörittelevät ainesosista kämmentensä välissä sikarinmallisen mytyn, jonka kumpikin laittaa suuhunsa.

Org katselee tyytyväisenä posket pullottaen odottavaa pariskuntaa ja antaa lähtöluvan:

– Saa jauhaa.

Auli ja Harri alkavat pureskella myttyjään aluksi hieman tunnustelen, leukojaan kulmikkaasti liikutellen ja toisiaan kysyvästi silmäillen. Ensin kuuluu rusahtavia ääniä, kun juuret hajoavat pienemmiksi palasiksi, mutta pian jauhaminen muuttuu tasaiseksi, märehtijämäiseksi suoritteeksi.

Muutaman minuutin välein Org pyytää jauhajia avaamaan suunsa, kun hän tarkastaa jauhetun tuotteen laadun. Hän kaapii pienellä risulla näytteet kummankin kielen päältä, tarkastelee tuota vihertävänruskeaa tahnaa auringonvaloa vasten ja antaa sen jälkeen suuntaviivat jauhamistyön etenemiselle:

– Auli, jatka samaan malliin. Enää muutama minuutti niin on valmista. Harri, tehosta syljeneritystäsi ja liikuta kieltäsi enemmän pitkittäisakselin suuntaisesti. No niin, nyt näyttää hyvältä.

Viitisentoista minuuttia menee, ennen kuin ensimmäinen erä tuotetta valmistuu. Org kutsuu sitä synnytystahnaksi. Hän näyttää käsillään, miten tahna tulee levittää ammeen sisäpinnalle. Harri ja Auli sylkäisevät tahnapallerot kämmeniinsä ja rupeavat hieromaan ainetta ammeeseen. Yhteensä he saavat peitettyä noin puolen kämmenen kokoisen alueen ammeen pinnasta.

– Hienoa, ja sitten sama uusiksi! Org kannustaa.

Taas kerätään ainekset huolellisesti suuhun ja aloitetaan jauhaminen Orgin valvoessa prosessia. Jauhajien näkökulmasta piinaavan hitaasti peittyy ammeen pinta uudella värillä pieni palanen kerrallaan.

Kun hieman yli puolet ammeesta on pinnoitettu, alkaa Harri aina jauhamiskertojen välissä liikutella alaleukaansa vasemmalta oikealle tympääntynyt ilme kasvoillaan. Vähän väliä hän käy kurkkaamassa ammeen sisään vain pettyäkseen siihen, kuinka paljon työtä on vielä jäljellä. Lopulta hän istahtaa puunrungon päälle ja huokaa:

– Org, etkö sinä voisi jauhaa näitä kaverina? Minun leukaani polttelee ihan mahdottomasti, ja tässähän menee vielä monta tuntia tällä tahdilla.

Org on hätkähtävinään:

– Ai, en tiennytkään, että haluatte lapsen kiintyvän minuun. Vai olet sinä sellainen mies. Enpä olisi arvannut, en tohtinut kuvitellakaan. Minä kun sain sinusta niin hyvän kuvan. Vaan niin voi ensivaikutelma pettää.

– Mikä mies? Millainen?

– Mies joka ei jaksa kantaa kasvatusvastuutaan vaan sysää sen vieraan miehen harteille. Mutta kyllä minä ymmärrän. Onhan siinä työtä. Kohdusta ylioppilaaksi on pitkä matka kasvattaa, ja kun lapsi kiintyy sylkientsyymejänne haisteltuaan teihin kahteen, tulee jossain vaiheessa eittämättä mieleen, että kätevähän olisi olla kolmaskin vanhempi, vanha kunnon Org.

– Mutta en minä ole tottunut tällaiseen. Äsken meni leuka ihan lukkoon, liekö mennyt sijoiltaan.

Org astuu askelen lähemmäs Harria ja madaltaa ääntään:

– Huomaatko, miten Auli jauhaa? Katsohan noita leuan liikkeitä, niistä oikein huokuu rakkaus pienokaista kohtaan. Nyt taitaa olla paras, että menet hieman itseesi, Harri. Mene oikein syvälle itseesi!

Harri laskee katseensa maahan. Hetken suutaan mutristeltuaan poimii hän tutut ainesosat kämmeneensä, ja niin jatkuu jauhamistyö.

Aurinko on jo hyvän aikaa sitten painunut horisontin taakse, kun Auli hieroo viimeisen erän synnytystahnaa ammeeseen. Hän kaatuu istuma-asentoon samaan tapaan kuin taapero ja jää epäuskoinen ilme kasvoillaan tuijottamaan tahnan peittämää saviastiaa. Tuntuu hurjalta ajatella, että he ovat Harrin kanssa jauhaneet kaiken tuon tahnan, mutta yhtä kaikki amme on nyt valmiina vastaanottamaan pian syntyvän ihmislapsen.

Puron rannalta kuuluu merkillistä korinaa ja lörpöttävää ääntä. Harri makaa rannalla mahallaan pää puolittain puroon upotettuna. Hän ikään kuin viilentää kipeytynyttä purukalustoaan virtaavassa vedessä, vaikkei kyse liene varsinaisesta ylikuumenemisesta. Vettä päätyy sieraimiin, ja Harri nousee polvilleen aivastelemaan ja yskimään. Osittain puremisesta, osittain unenpuutteesta ja osittain muista rasituksista johtuen hän on sekaisin väsymyksestä. Kompastellen ja ryömien hän palaa nuotiopaikalle, painaa päänsä rantahiekkaa vasten ja vaipuu syvään uneen.

Myös Auli nukkuu. Hän on uinahtanut samaan istuma-asentoon, johon hetki sitten pudottautui. Hereillä on vain Org, joka tyytyväisenä ja jonkinlaista rakkauden kaltaista tunnetta pariskuntaa kohtaan tuntien katselee heitä. Hän tekee kivikehän sisään maltillisen kokoisen nuotion. Juuri sellaisen, jonka lämmössä on hyvä nukkua suojassa heinäkuisen yön viileiltä tuulenvireiltä.

Kello lienee jo lähemmäs kymmenen, kun pariskunta herää miellyttävään porinaan. Org keittelee savipadassa eräänlaista velliä. Nälkäisinä Auli ja Harri rientävät padan ääreen kurkistelemaan, mitä keitos pitää sisällään. Samean harmaa liemi ei näytä erityisen houkuttelevalta, mutta padasta nouseva tuoksu on sentään runsaan ruokaisa.

– Mitä siinä on? Harri kysyy.

– Tässä ovat ne mäyrän suolet, joilla sinä kovin urhoollisesti kannoit synnytyskaukaloa koko eilispäivän. Mausteeksi ja mukaviksi sattumiksi lisäsin vielä synnytystahnasta yli jääneet ainekset. Tämä on herkullista, maistakaahan.

Org kaivaa lannevaatteestaan esiin puulusikan ja ojentaa sen Aulille, joka ottaa velliä aluksi puoli lusikallista, sitten kokonaisen ja vielä heti perään toisen. Tyytyväinen ilme nousee naisen kasvoille, ja Harri on välittömästi penäämässä lusikkaa itselleen. Lopulta suolivelli saadaan jaettua kutakuinkin tasavertaisesti kolmikon kesken. Tosin Harri on se, joka kaapii suuhunsa padan pohjaan puolittain palaneen karstan, jonka suolaiseen makuun tuo kohta kahden lapsen isä on jostain syystä erittäin mieltynyt.

– Org, jos me nyt söimme kaikki suolet, Harri aloittaa ja nuolee samalla puulusikkaan kertyneitä makuja, – niin mitenkäs minä kannan enää kaukaloa?

Org hymyilee ystävällisesti Harrille. Häntä ilahduttaa nähdä, miten nämä kaksi ovat omaksuneet paleotyylisen elämäntavan vain muutamassa päivässä. Heistähän voisi aivan hyvin tulla vaikka vakioasukkaita Kantapäähän.

– Et sinä kannakaan, ystävä hyvä. Katsohan tätä.

Org päästää suustaan kimakan, vihellysmäisen äännähdyksen, eikä kulu kuin muutama minuutti, kun jo nuotiopaikan sivustalla kasvavasta pöheiköstä rapistelee esiin nainen. Hän on suunnilleen Orgin ikäinen, jollain merkillisellä tavalla ylhäistä arvokkuutta hehkuva ihminen. Yllään hänellä on hieman toogaa muistuttava, ohuehko nahka-asu.

Nainen ja Org keskustelevat myöhäiskantasuomeksi. Auli ja Harri tunnistavat puheesta vain omat nimensä. Lisäksi Auli on kuulevinaan, että Org mainitsee eräässä lauseessa Jesperin. Auli on juuri kuiskaamassa Harrille jotain, kun Org rupeaa puhumaan:

– Auli ja Harri, tässä on Bolrog, kätilönne. Synnytysprosessi jatkuu nyt siten, että Bolrog ja Auli siirtyvät supistusluolaan synnytyskaukalo mukanaan. Me, Harri, taas menemme hieman syrjemmäs suorittamaan muutaman asiaan kuuluvan rituaalin. Kun kohtaatte seuraavan kerran, on kaukalossa tyytyväinen, terve ja kaikin puolin täydellinen paleosynnytetty lapsi.

Harri ja Auli hyvästelevät toisensa siinä määrin tunteikkaasti, että Org ja Bolrog siirtyvät suurta hienotunteisuutta osoittaen hetkeksi tarkkailemaan puroveden liikehdintää. Sitten on aika kulkea eri suuntiin. Kahdestaan kaukaloa kantaen Auli ja Bolrog jatkavat kulkua pitkin polun päähaaraa, ja Harrin ja Orgin tie vie vasemmalle, pienelle sivupolulle.

Liki korviaan heilutellen kuuntelee Harri polulta kuuluvaa, sana kerrallaan kaikkoavaa naisten keskustelua. Hän on hyvillään näistä äänistä, sillä ne tarkoittavat, että Bolrog puhuu myös nyky-suomea. Parempi on Aulin synnyttää, kun ymmär-tää, mitä sanotaan.

Naisten äänet vaimenevat ja katoavat sitten ko-konaan. Harri vaipuu syvälle ajatuksiinsa. Kulje-taan kilometri, kuljetaan toinen, mutta määränpää ei suostu vielä näyttäytymään. Sanoja vaihdetaan vain harvakseltaan, ja tunnelma on äärimmäisen kireäksi jännittynyt. Kummankaan ei tarvitse lau-sua ääneen, että hetki on kohta käsillä.

Viimein miehet saavuttavat metsän reunan. He tulevat suurelle hiekkakentälle, jonka keskellä sei-soo yhdeksän jylhää ihmishahmoa (Harrin arvion mukaan viisi naista ja neljä miestä) halkaisijaltaan noin kymmenmetrisessä ympyrämuodostelmassa. Hahmojen muodostaman ympyrän keskellä palaa suuri nuotio. Harria ja Orgia nämä ihmiset eivät huomioi millään tavalla, vaan kaikkien katse on suuntautunut kohti liekkejä.

Edellä mainitut ihmiset ovat pukeutuneet soti-laallisen yhteneväisesti. Heidän univormunsa tär-keimmän osan muodostaa pitkä, liki polviin asti ulottuva lehmännahkapusero, pääväreinä musta ja valkoinen. Pusero on kiristetty vyötärölle ohuella nyörillä, joka näyttää Harrin mielestä jänteeltä tai jonkinlaiselta lihassäikeeltä. Huomionarvoisinta asukokonaisuudessa on hiihtonaamaria muistut-tava, tummanruskea nahkakypärä, jonka pintaan on kirjailtu valkoisella maalilla muinaisia symbo-leja. Naamarin kolikon kokoisista silmärei'istä koh-taa Harri tuikeita katseita.

– Yhdeksän viisasta, Org supattaa ja ohjaa Harria eteenpäin lempeästi selästä kämmenellä kannustaen.

Harri ja Org kävelevät nuotion luokse. Sen vieressä lepää maassa suuri nahkarumpu, jonka Org nostaa syliinsä. Samalla hän kehottaa Harria riisumaan yläruumiinsa paljaaksi ja kyykistymään rummun paikalle maahan.

– Mitä tässä oikein tapahtuu? Harri kysyy riisuessaan myskihärkätakkiaan.

– Harri, paleoyhteisö on täydellisen tasa-arvoinen. Meillä kaikki ovat yhdenvertaisia ja kaikki jaetaan tasan: ilot, surut, nautinnot ja kivut. Sinä oletkin päässyt jo maistamaan tuota tasa-arvoa. Kun Auli kantoi lasta läpi metsän, oli sinulla synnytyskaukalo taakkanasi. Molemmilla jotain, mikä on toki hienoa mutta vasta alku, pelkkä mukava ele. Et voine kieltää, että tähänastinen osuutesi lapsentekoprosessissa on ollut luonteeltaan pikemminkin nautinnollinen kuin millään tavalla työläs. Toisin on Aulin laita. Päivä päivältä on käynyt yhä raskaammaksi tuon poloisen askel vauvan vankistuessa hänen kohtunsa lämmössä. Emmekä puhu vielä mitään niistä kaikista vaivoista ja kiusallisista lieveilmiöistä, joista me kaksi – ollaanpa nyt ihan rehellisiä – emme tiedä kuin aavistuksen verran jos edes sitäkään. Ja niin on julma maailma, että edessä on vielä se kaikkein suurin ponnistus. Juuri nyt valmistautuvat poltot ensi-iskuunsa. Ne keräävät voimia ja kaapivat maata, oikein lähtökuopat kyntävät inhottaville kavioilleen. Rivissä kiivaasti puuskuttaen ne odottavat johtajaltaan lähtökäskyä. "Hep!" kuuluu rivin oikealta laidalta, ja polttolauma lähtee kuin ammuttuna liikkeelle. Se keskittää hyökkäyksensä Aulin selkään, jota pitkin se vyöryy eteenpäin kuin rantaan iskeytyvä hyökyaalto. "Oijoijoi!" anelee Auli armoa, mutta kipu ei hellitä. Päinvastoin! Jo on toinen pataljoona polttoja ryhmittymässä hyökkäysasemiin. Voi kunpa Auli tietäisi, voi kunpa hän osaisi varoa. Mutta ei, tulee toinen isku, kolmas ja neljäskin, eikä tuo poloinen nainen mahda niille mitään. Ja mitä tekee samaan aikaan isä? Hän käyskentelee mukavan lämpöisessä turkissaan ja antaa ajatusten virrata miellyttävissä ympäristöissä. Tilanne on siis kaikin puolin epätasa-arvoinen, kai sen myönnät? Ja lapsi, joka syntyy epätasa-arvoiseen ympäristöön, saa epätasa-arvoiset lähtökohdat. Ethän sinä sitä halua? Ethän, Harri?

– E-ei, en tietenkään, Harri vastaa. Hänen huulensa väpättävät hieman.

– Hyvä, Org sanoo enemmän itselleen kuin Harrille ja kumauttaa rumpua avokämmenellään. Harri säikähtää ääntä, painautuu matalaksi ja peittää korvansa. Jylhää rytmiä tapaillen alkaa Org takoa rumpua kämmenillään. Muhkea kumina sekoittuu nuotion räsähtelevään pauhuun, ja yhdeksän viisasta alkaa keinuttaa lanteitaan iskujen tahtiin.

Soitto lakkaa yhtä äkkiä kuin alkoikin. Org karjaisee kauhealta kuulostavan sanan. Samalla hetkellä kukin viisaista vetäisee nahkapuseronsa sisältä esiin mattopiiskaa muistuttavan lyömäesineen ja huutaa:

– Haa!

Org jatkaa rumpunsa takomista, ja viisaat alkavat nytkähdellen ja mattopiiskoillaan ilmaa huitoen lähestyä Harria. Haa-huudon he karjaisevat jokaisen askelen aikana. Org näppäilee rumpunsa pingotettua nahkakalvoa kuin raivossa. Harri ei uskalla katsoa ylös, mutta hän näkee jo viisaiden paljaat jalkaterät, jotka tömistävät hiekkakenttää ja nostavat ilmaan keltaruskean pölypilven.

Nuotio humisee ja räsähtelee, ja rummun ääni sulaa yhdeksi paksuksi jyminäksi. Näiden yli kantautuvat vain viisaiden toistuvat huudahdukset. Ilma on täynnä pölyä, savua ja kipinöitä.

Yksi viisaista laskee piiskansa nuotioon ja hetken sitä lämmiteltyään iskee sillä Harrin paljasta selkää. Harrin suusta pääsee vaimea uikahdus, pikemminkin säikähdyksen kuin kivun vuoksi. Seuraa toinen lyönti, kolmas ja niiden jälkeen Orgin tahdittamana taukoamaton sarja iskuja. Ilma kahahtelee, kun mattopiiskat liikuttavat sen savun peittämiä virtauksia. Viisaat eivät lyö lujaa, mutta hiljalleen Harrin selkä alkaa tuntua yhä kuumemmalta.

Silmät verestäen Harri tuijottaa eteensä mutta näkee vain harmaan savu- ja pölypuuron, jossa kipinät leijailevat kuin lumihiutaleet katulampun valossa. Yksi kipinöistä tekee ilmassa mielenkiintoisia pyörähdyksiä, joita Harri seuraa keskittyneesti. Orgin nahkarumpu kumisee yhä kauempana, kun Harri keskittää katseensa kipinään ja antaa mielensä upota syvään, transsin kaltaiseen tilaan.

Taksiautoilija J. Vettenniemi istahtaa pöydän ääreen ja alkaa rapistella foliopaperia auki Voilahden

levähdyspaikalla. Makkaraperunoiden, tuoreen si-
pulin ja erilaisten maustekastikkeiden huumaava
hajukiekura tirkistelee noutoruokapakkauksen
kannen alta, mutta huippunsa kokonaisvaltainen
tuoksuelämys saavuttaa vasta, kun kansi avataan.
Ja mikä näkymä silloin odottaakaan avaajaa: iha-
nalla tavalla rasvan pehmittämiä ranskanperu-
noita, kiihottavasti kiilteleviä makkaranpaloja ja jo-
kaisesta rakosesta kurkistelevia iloisen värisiä sörs-
seleitä.

– Mmhhm, voi hemmetti, Vettenniemi mutisee
innoissaan ja avaa puolen litran maitotölkin. Juuri
sillä hetkellä tuulenvire pyöräyttää muovisen haa-
rukan pöydän rakoon ja siitä maahan. Ähisten ja
huonoa onneaan kiroten kyyristyy taksiautoilija
pöydän alle ja rupeaa kurottamaan haarukkaa sor-
menpäillään. Samalla kuuluu ääni jostain sivusta,
aivan kuin metsän suunnalta:

– Hei, kuski. Ootko vapaana?

Vettenniemi säpsähtää. Mistä nuo oikein tulivat?
Metsästä kai, lienevätkö marjastajia. Mutta pak-
koko niiden oli tunkea paikalle juuri nyt, kesken
makkaraperunahetken?

– Tuota joo, jos voitte sen aikaa odottaa, että
syön. Menkää vain autoon istumaan, ovet on auki.

Tuuli pyyhkäisee haarukan hieman lähemmäs,
ja Vettenniemen etusormi yltää viimein rapsutta-
maan sen pinsettiotteeseen. Samalla hän katselee
sivusilmällä auton luona hääriviä ihmisiä. Heitä on
kaksi – ei vaan kolme, sillä nyt kuuluu vauvan it-
kua. Toinen hahmoista asettelee turvaistuinta etu-
penkille. Nämähän olivatkin hyvillä varusteilla
liikkeellä.

174

Vettenniemi viivyttelee pöydän alla pari ylimääräistä sekuntia, jotta asiakkaat ehtivät istua autoon. Hän haluaa pyhittää ruokahetken itselleen. Vettenniemi kumartuu lähemmäs makkaraperunoita ja nuuhkaisee hartaasti. Tuoksuelämys on yhtä huumaava kuin aiemmin, mutta sen seuraan on nyt tunkeutunut epämiellyttävä hajukiekura, joka on lisäksi jollain tavalla tuttu.

Äkkiä Vettenniemi muistaa ja kääntää päänsä auton suuntaan. Takaikkunan läpi hän näkee takaraivon, jota peittää tuttu nahkiaishattu. Takaraivo kääntyilee tapaan, josta Vettenniemi päättelee naisen selittävän jotain. Hänen vieressään istuu aivan yhtä tuttu mies. Myskihärän talja lainehtii, kun mies kurottelee etupenkin suuntaan.

– Ei hemmetti, turkki-ihmiset! Vettenniemi huudahtaa tahattoman kovalla äänellä. Yhtäkkiä makkaraperunoista kumpuava tuoksu ei enää miellytäkään häntä vaan alkaa pikemminkin tuntua jollain tavalla vastenmieliseltä. Siihen sekoittuu turkki-ihmisten läpitunkeva navetan haju ja uutena elementtinä myös voimakas nuotion tuoksu.

Vettenniemi huokaa, juo maitopurkin tyhjäksi, sulkee ruokapakkauksen kannen ja nousee ylös. Matkalla autolle hän pudottaa makkaraperuna-annoksen roskakoriin, huokaa etuoven luona vielä muutaman kerran ja istuu sitten kuljettajan paikalle.

Hajutilanne auton sisällä on intensiivinen. Vettenniemi ei kuitenkaan täysin tajua sitä heti, sillä hänen huomionsa kiinnittyy etupenkille turvavöin köytettyyn viritelmään. Vauva makaa jonkinlaisessa savipaljussa, jonka sisäpuoli on pinnoitettu levällä. Vettenniemi näkee, että paljusta tulee jäämään ruskeanharmaat jäljet penkkiin. Samalla hetkellä iskee haju. Vettenniemen tekisi mieli itkeä, mutta alistuneena hän vain avaa etuikkunansa.

Takapenkiltä kerrotaan osoite, jota kohti lähdetään ajamaan. Taustapeilistä Vettenniemi huomaa, että osoitteen antanut mies on täysin noen peitossa. Vettenniemi huokaa taas ja alkaa hengitellä ikkunan kautta tarkkaillen samalla paljussa makaavaa vauvaa. Sen kasvoilla on outo, jollain tavalla keskittynyt ilme, joka tekee Vettenniemen olon levottomaksi. Vauva tuijottaa Vettenniemeä otsa rypyssä ja silmät hieman raollaan kuin jokin professori tai muinainen tietäjä. Aivan kuin se osaisi jo ajatella. Onkohan vauva jotenkin poikkeava tai jopa salaviisas?

Kuuluu kumea turahdus, ja vauvan kasvot rentoutuvat. Autoon astuu nyt uusi hajukiekura, monin tavoin aiemmin mainittuja konkreettisempi. Vettenniemi kääntää päänsä ikkuna-aukkoon päin ja vetää raikasta kesäillan ilmaa sieraimiinsa. Hän katsoo lasta uudestaan ja huomaa jonkin muuttuneen. Poissa on kaikki salaviisaus ja varhaiskypsä ilmeikkyys. Tilalle on tullut tavanomainen, jopa hieman paviaanimainen yleisolemus. Näin havainnoituaan taksiautoilija J. Vettenniemi huojentuu, huokaisee ja painaa oikealla jalallaan kaasupoljinta.